„Was die Geschichte zu Tage fördert, entwickelt sich geschichtlich, treibt, wächst und vergeht, um in erneuter Form ewig fortzuleben".

Josef Dietzgen

Aus: Ausgewählte Schriften 1954

„Aufgestanden aus dem Bette und dem Frühstück zugewandt ...".

Umgedichtet DDR-Nationalhymne. Der Autor ist nicht bekannt.

„Brüder zur Sonne, zur Freiheit. Brüder zum Lichte empor. Hell aus dem dunklen Verlangen leuchtet die Zukunft hervor ...".

„Spaniens Himmel breitet seine Sterne über unseren Schützengräben aus und der Morgen leuchtet in der Ferne, dann ziehen wir zum neuen Kampf hinaus".

Beide Liedtexte gehörten zur DDR-Grundausbildung für Schüler.

Michael Ramm

„Auferstanden aus Ruinen und der Zukunft zugewandt ..."

Deutsch-deutsche Erinnerungen, Erfahrungen und Ereignisse

Buchtitel:
„Auferstanden aus Ruinen und der Zukunft zugewandt…".

(Nationalhymne der DDR; Musik: Hanns Eisler; Text: Johannes R. Becher)

© 2012 Michael Ramm

Autor: Michael Ramm
Umschlaggestaltung, Illustration: Michael Ramm

Verlag: tredition GmbH, Hamburg
ISBN: 978-3-8424-9594-4
Printed in Germany

Inhalt

Der Umzug

Am 15. Januar 1966 fuhr ich im Alter von 16 Jahren mit der Eisenbahn nicht nur in eine andere Stadt, sondern änderte mit dieser Reise auch meine Staatsbürgerschaft. Ich wurde vom DDR- zum BRD-Bürger. Den Umzug vom „ersten sozialistischen Staat auf deutschem Boden" zum „Klassenfeind" ins „kapitalistische Ausland" verdankte ich meinen Eltern, die sich seit Mitte der fünfziger Jahre des letzten Jahrhunderts als „Republikflüchtlinge" in Süddeutschland niedergelassen hatten und auf „Familienzusammenführung" drängten. Sie initiierten nach ihrer Sesshaftigkeit eine Vielzahl von Anfragen an verschiedene bundesrepublikanische Ministerien, Parteien und Organisationen, sie versuchten ihr Glück über Österreichs damaligen sozialdemokratischen Bundeskanzler Kreisky, der ja bekanntermaßen gute Kontakte zu sozialistischen Ländern hatte, bis hin zu Anfragen an die Vereinten Nationen und das Rote Kreuz in Genf. Ein Gesuch erging auch an den Staatsratsvorsitzenden der Deutschen Demokratischen Republik, Walter Ulbricht, dessen persönliche Antwort jedoch ausblieb. So gab es auch eine Briefanfrage an den damaligen FDP Landesvorsitzenden von Berlin, William Borm, der mitteilte, leider in dieser Sache nichts unternehmen zu können. Später, nach meiner Aus- bzw. Einreise, beglückwünschte er meinen Vater mit folgendem Schreiben: „Sehr geehrter Herr Ramm! Mit großer Freude nahm ich davon Kenntnis, daß Ihr Sohn Michael wieder zu Ihnen zurückgekehrt ist. Ich wünsche Ihm, daß er die Zeit der gewaltsamen Trennung gut überstanden hat und sich bald wieder in das normale Leben bei uns einfügen wird." Jener William Borm von den Freien Demokraten hatte sich bestens eingefügt und wurde später als inoffizieller Mitarbeiter (IM) der Staatssicherheitsbehörden enttarnt. Er war nur einer unter vielen, die für das deutsch-deutsche Spitzelnetz der DDR aktiv waren. „Sir William", wie viele Freunde ihn wegen seines eleganten Auftrittes auch nannten, wurde während seiner neunjährigen Haftstrafe, die er in DDR-Gefängnissen verbrachte, vom DDR-Geheimdienst angeworben. Dieser Dienst schrieb u.a. seine Reden, die er im Bundestag hielt, aber auch andere schriftliche Äußerungen flossen aus der Feder des Überwachungsvereins Ost. Ob die Staatssicherheit auch beim Brief an meinen Vater die Borm'sche Hand geführt hat? Drollige Vorstellung.

Es sollte ein langer, beschwerlicher Weg werden, bis die Bemühungen der familiären Zusammenführung von Erfolg gekrönt wurden. Ich musste rund zehn Jahre auf den Zug warten, während meine Bahnfahrt von Ost nach West im Januar 1966 nicht einmal einen Tag dauerte.

In diesen zehn Jahren gab es Ereignisse, die die Welt erschütterten, aber auch in Ost- und Westdeutschland stand das Leben nicht still. Während die KPdSU ihren 20. Parteitag abhielt, Ungarn nach einem Volksaufstand zwangsweise wieder in die sozialistische Staatengemeinde zurückgeführt wurde, löste das Gerangel um den Zugang zum Suezkanal eine internationale Krise aus. Die DDR schuf den Propagandasender Deutsche Freiheit 904, der als Reaktion auf das KPD-Verbot in der

Bundesrepublik entstand. Er erfreute sich zumindest im Osten großer Beliebtheit, nicht nur, weil er als einziger freier Westsender verkauft wurde und nicht wegen seiner konspirativen Durchsagen, sondern wegen seines ost-atypischen Musikprogramms, das insbesondere die Jugend an die Kofferradios lockte. Dagegen hatte im „Westen" Freddy Quinn ziemlich starkes „Heimweh". So hieß sein Schlager, der längere Zeit die Spitze der Hitparade zierte. Ein Jahr später, 1957, gab es für die DDR eine neue Straßenverkehrsordnung und für die BRD eine Rentenreform, der Generationenvertrag wurde zum Maßstab der Altersvorsorge. Als Tunesien zur Republik wurde, mit Präsident Bourguiba an der Spitze, gerieten die ersten Bundeswehreinheiten unter das Nato-Kommando. Die Ermordung des Callgirls Nitribitt ging einher mit dem Weltmeistertitel vom Autorennfahrer Fangio. Ein böser Bube warf im Pariser Louvre einen Stein auf das Bild der Mona Lisa. Otto von Habsburg wollte plötzlich nicht mehr Kaiser von Österreich werden und verzichtete. Der neue Papst hieß Johannes Paul der Dreiundzwanzigste. In der DDR wurden die Lebensmittelkarten abgeschafft und in Flensburg eine Verkehrssünderkartei angelegt. In der UdSSR wurde Chruschtschow zum sowjetischen Ministerpräsidenten ernannt. Da wusste man noch nicht, dass er sich auf internationalem Parkett nicht richtig benehmen konnte.

Im letzten Jahr der fünfziger Jahre führte die DDR-Administration die Polytechnische Oberschule ein und gab die alte Grundschule auf. Von da an galt für die meisten Schüler Zehnklassigkeit. Fidel Castro übernahm Kuba und kommandierte den Inselstaat zur Klassenlosigkeit, während Amerika zwei neue Bundesstaaten erhielt. Alaska und Hawaii wurden der 49. bzw. der 50. Bundesstaat. In Westdeutschland wurde die Mannschaft von Eintracht Frankfurt deutscher Fußballmeister. Zwischen den USA und der Bundesrepublik kam es zu einem fatalen Deal. Deutschland erhielt 300 teure „Starfigther"-Kampfflugzeuge, von denen 260 nach und nach abstürzten. 110 tote Piloten kamen zum materiellen Verlust hinzu. Für eine militärische Anschaffung eine desaströse Bilanz, die unter der Egide von Verteidigungsminister Franz Josef Strauß stattfand.

Bis zu meiner Ausreise flossen noch viele ungeklärte Industrieabfälle das Flüsschen Pleiße entlang. Umweltschutz war zu dieser Zeit weder Welt- noch DDR-Thema. Trotz stinkender Pleiße fanden 1960 die Olympischen Spiele in Rom statt. In der Stadt am Tiber gewann der Westdeutsche Armin Hary die Goldmedaille im Einhundert-Meter-Lauf. Bereits zuvor war er im Züricher Letzigrund als erster Mensch diese Strecke in 10,0 Sekunden gewetzt. Der sowjetische Präsident Chruschtschow benahm sich vor der UN-Vollversammlung daneben, indem er seinen Schuh auszog, und damit auf das Rednerpult einschlug, um seine Argumente, die er gegen die Spionageflüge der Amerikaner vorbrachte, zu verstärken. Der erste bemannte Weltraumflug durch den russischen Kosmonauten Gagarin - fliegende Astronauten stellten später die USA - fand weltweite Beachtung. Es gab die Kubakrise, die die Welt in Atem hielt und in einen dritten Weltkrieg hätte stürzen können. Der amerikanische Präsident Kennedy, der eigentlich Kubas Präsident Castro beseitigen lassen wollte, wurde in Dallas ermordet, ohne dass bis heute völlig geklärt ist, wer Täter und wer dafür verantwortlich war. Es blieb bei

Mutmaßungen und Verschwörungstheorien und es blieb nicht der letzte Kennedy, der einem Attentat zum Opfer fiel. Sein Bruder Robert („Bobby") starb 1968 nach einem Anschlag.

Seit der Flucht meiner Eltern lebte ich bei meinen Großeltern. Dies war nicht völlig ungewohnt für mich, denn durch die ganztägige Berufstätigkeit meiner Eltern verbrachte ich den größten Teil der „Arbeitswoche" in großelterlicher Obhut. Diese Variante bot sich an, weil sich nicht nur mein Kindergarten in unmittelbarer Nähe befand, sondern auch die elterliche Wohnung nicht all zu weit entfernt war, so dass es unter der Woche für mich keine elternlose Zeit gab. Die Wochenenden verbrachte ich bei meinen Eltern, die sich ihre Wohnung mit der Mutter meines Vaters teilten, so dass ich von einer zweiten Großmutter Betreuung und Zuwendung erfuhr. Dahingehend war ich sozial gut eingebunden, was sich auch nach der Flucht meiner Eltern nicht änderte. Nicht allen Kindern von DDR-Flüchtigen wurde ein solches Leben Zuteil. Häufig wurden sie, wenn ihre Eltern nicht mehr zur Verfügung standen, zur Adoption freigegeben. Dieses Schicksal blieb mir dank meiner Großeltern erspart, was mir rückwirkend betrachtet eine vergleichsweise unbeschwerte Kindheits- und Jugendphase ermöglichte.

Meine Fahrt aus der Deutschen Demokratischen Republik, der im Oktober 1965 nach zehnjährigem Bemühen die „Staatsorgane" zustimmten, war eine genehmigte Reise, die sich für den Arbeiter- und Bauernstaat pekuniär lohnte. Für diese Variante des Republikverlassens wurde ein innerdeutsches „Menschenhandelsabkommen" geschlossen, das im Osten von Rechtsanwalt Vogel und im Westen vom Ministerium für innerdeutsche Angelegenheiten betreut wurde. Mit dem Motto „Geld für Menschen oder Menschen für Geld", je nach Betrachtungsperspektive, hatte die DDR durch den Exodus eine wichtig Devisenquelle erschlossen, die letztlich den Exitus dieses gesellschaftlichen Experimentes auf deutschem Boden hinauszögerte. Nach meiner Ausreise war die DDR wohl um rund 80.000 DM reicher. Was sie wohl mit diesem Geld anstellte?

Den „antifaschistischen Schutzwall" verließ ich ohne große Gefühlswallung, kritisch beäugt von den Wächtern an der „Friedensgrenze". Über das deutsche Skatzentrum Altenburg sowie das vogtländische Plauen erreichte und passierte ich bei Gutenfürst-Hof die „Zonengrenze" oder „Grenzübergangsstelle", je nach Gusto, gelangte ohne weiteres Aufsehen via Nürnberg und Stuttgart zu meinem neuen Domizil am Bodensee. Der einfachen Reise in eine Ferienlandschaft war neben den Anfragen, Erklärungen und Bitten um Hilfe ein Fluchtversuch aus dem Paradies mit „menschlichem Antlitz" vorausgegangen, den mein Vater 1962 im Februar organisierte und der kläglich scheiterte. Auf diesen ominösen 7. Februar, den Tag des Fliehenwollens und des Scheiterns, wie zum Einleben im farbenfrohen Land der Konsumbegierde, Deutschland-West, wird später eingegangen. Die DDR wirkte nicht nur auf mich immer wie ein 8 mm-Schwarz-Weiß-Film, während die Bundesrepublik Color und Cinemascope versprach.

Im Dezember 1966 erhielt ich in der Bundesrepublik Deutschland mein Bleiberecht. Der Leiter des Bundesnotaufnahmeverfahrens in Gießen erlaubte mir zu bleiben und wies mir Baden-Württemberg als ersten Wohnsitz zu. Die Begründung: „Der Antragsteller erhält die Aufenthaltserlaubnis aufgrund eines Rechtsanspruches (besondere Zwangslage) gemäß § 1 Abs. 2 des NAG. Der Antragsteller ist Schüler. Er kam am 15. 1. 1966 im Interzonenverkehr in die Bundesrepublik und beantragte am 28. 9. 1966 die Erteilung der Aufenthaltserlaubnis nach dem Notaufnahmegesetz. Seinen Antrag begründete er wie folgt: Seine Eltern hätten die SBZ im Jahre 1955 verlassen und er sei bei seinen Großeltern geblieben. Im September 1962 habe ihn sein Vater, in einem Auto versteckt, in die Bundesrepublik verbringen wollen. Am Autobahnkontrollpunkt Töpen sei er entdeckt, sein Vater verhaftet und zu einer Freiheitsstrafe verurteilt worden. Er habe an seinen Wohnort in der SBZ zurückkehren müssen. Sein Vater habe sich nach Entlassung und Rückkehr in die Bundesrepublik um seine Ausreise unter Einschaltung deutscher und internationaler Stellen bemüht, die nunmehr nach 2 1/2 Jahren genehmigt worden sei. Aus dem Vorbringen ist ersichtlich, daß dem Antragsteller die Wiederherstellung der Familiengemeinschaft aus systembedingten Gründen versagt worden ist. Einen so tiefgreifenden Eingriff in sein persönliches Leben brauchte er nicht hinzunehmen. Zudem ist bekannt, daß Personen, die bei einer „Republikflucht" gestellt worden sind, der Überwachung unterliegen. Von diesen wird Bewährung erwartet. Bewähren sie sich nicht, so genügen geringste Anlässe, um gegen sie vorzugehen. Ein Verbleiben des Antragstellers in der SBZ hätte für ihn überdies eine unzumutbare Gewissensbelastung bedeutet. Der Aufnahmeausschuss kam zu der Auffassung, daß für den Antragsteller die Voraussetzungen für die Erteilung der Aufenthaltserlaubnis nach § 1 Abs. 2 des Notaufnahmegesetzes (besondere Zwangslage) vorliegen." Soweit das bürokratische Prozedere für den Bleibeerlass, der am 22. September vom Regierungsbezirk Südbaden Akzeptanz fand, worauf ich dem Landratsamt Konstanz - Umsiedlungsamt - zugewiesen wurde. Meine Gründe zum Bleiben hatten jedenfalls den Aufnahmeausschuss überzeugt und für meine Aufnahme in West- bzw. Süddeutschland ausgereicht. Hätte man mich auch wieder zurückschicken können? Mit der Begründung: „Nee, den wolln wir nich der hat in Mathe ne vier in der Schule. Was soll bloß aus dem werden? Nachher liegt der uns auf der Tasche. Ach nee, den lieber nicht".

Zum Glück war ich nur ein harmloser und nach meinem letzten DDR-Schulzeugnis, das ich allerdings erst ein Jahr nach meiner Ausreise in der Hand hielt - die DDR konnte sich von meinem Zeugnisheft einfach nicht trennen -, miserabler Schüler, wie mir die Ost-Schule attestierte. Immerhin reichte es, um im Westen nicht abgewiesen zu werden, wie bei einzelnen Subjekten, auf die man lieber verzichten wollte. Das gab es natürlich auch, Menschen, die die DDR gern loshaben und verkaufen wollte. Bis hin zur Ausbürgerung, die allerdings für die DDR ein finanzielles Neutrum darstellte und außer politischem und publizistischem Verdruss nichts einbrachte. So wurde die Eine oder der Andere während der gesamten DDR-Ära auch kostenlos an den Westen abgegeben, wie beispielsweise Wolf Biermann, der aus dem Westen zugezogene Hamburger Liedermacher, der nach Systemkritik und seinem „Auslandskonzert" in

Köln in den 70er Jahren nicht mehr in den Arbeiter- und Bauernstaat zurück durfte. Er, ein Freund Havemanns und Texter von „Sindermann Du blinder Mann", hatte es bei den DDR-Oberen ein für alle Mal verschissen. Der Wissenschaftler Havemann, der jahrelang Tag ein Tag aus von der Stasi persönlich „betreut" wurde, war wohl aus deren Sicht und der des Politbüros des Zentralkomitees der SED nicht der richtige Umgang für Biermann. Und Genosse Sindermann, der sture alte Mann des Komitees, war persönlich beleidigt.

Übrigens, das Gesetz zur Notaufnahme von Deutschen in das Bundesgebiet wurde bereits im August 1950 verabschiedet und beschlossen. Es entstand als Reaktion auf den ständigen Zustrom an Menschen aus der DDR, Ostzone, SBZ (Sowjetisch Besetzte Zone), Arbeiter- und Bauernstaat oder wie man die Ulbricht-Honekker-Krenz-Republik auch immer nannte.

Deutsche Geburtswehen

Im Jahr 1945, nach der Niederwerfung des faschistischen Deutschlands, wurde das Deutsche Reich in eine russische, eine amerikanische, eine englische und eine französische Zone unterteilt, dazu kam Berlin als eigenständiger Sektor, in dem sämtliche alliierten Großmächte verkehrten. So wurde ich gewissermaßen in einer staatenlosen Übergangsphase in einer Zone gezeugt und erblickte Mitte August 1949 in der mit damals über 17 Millionen Menschen bevölkerten russischen Zone das Licht der Welt. Der westliche Teil Deutschlands wurde amerikanisch, britisch und französisch verwaltet. Zum Zeitpunkt meiner Geburt lagen die Bundesrepublik Deutschland und die Deutsche Demokratische Republik noch in den Geburtswehen, denn beide deutsche Staaten erblickten im selben Jahr wie ich das Licht der Welt. Der eine etwas früher, im Mai 1949, und der andere etwas später, im Oktober. Altersmäßig bin ich also Nachkriegsdeutschland.

Meine Geburtsstadt Leipzig, jener geschichtsträchtige Ort, an dem Erfolg und Scheitern eng verwoben waren, denkt man nur an Bachs fulminante und barocke Orgeleien in der berühmten Thomaskirche, dessen Kantor er war, oder an die Studienzeit Goethes, der sich in dieser Stadt einem Jurastudium widmete und später, in seinem Hauptwerk, Faust in Auerbachs Keller schickte sowie an den „Besuch" Napoleons des Ersten zu Beginn des 19. Jahrhunderts und dessen verlorene Völkerschlacht - ein wuchtiges, begehbares Denkmal zeugt heute noch vom damaligen Sieg über den korsisch-französischen Imperator.

Das Land Sachsen mit seiner Hauptstadt Dresden, zu dem Leipzig als eigentliche Metropole Sachsens gehört - die Dresdener mögen es mir nachsehen -, sollte innerhalb der neuen DDR noch an erheblicher Bedeutung gewinnen, denn die Politkarriere des Sachsen Walter Ulbricht nahm in meinem Geburtsjahr Fahrt auf. Der Leipziger Tischlerbursche wurde 1949 einer der drei Stellvertreter des Ministerrates. Den Vorsitz des Rates übernahm der Buchdrucker und SPDler Grotewohl, und der Staatspräsident, der der einzige der DDR Geschichte bleiben sollte, hieß Pieck. Er war übrigens auch gelernter Tischler. Ulbrichts Karriere verlief weiter steil nach oben. Bereits 1950 wurde er zum Generalsekretär des ZK der Sozialistischen Einheitspartei (SED) ernannt. So kann man sagen, dass die DDR zunächst überwiegend von Menschen aus dem holzverarbeitenden Gewerbe geleitet wurde.

Dagegen verlief meine Karriere gnadenlos langweilig, lässt man die wenigen nennenswerten Ausreißer weg. Einer dieser erwähnenswerten Vorfälle fand im Juni 1953 statt, als mein Großvater in seiner Naivität mit mir, als noch nicht ganz Vierjährigem, die russischen Panzer in Leipzigs Innenstadt inspizieren wollte. Er war halt etwas neugierig bis schaulustig, aber absolut apolitisch. Wir sahen viel Gerenne und es fielen einzelne Schüsse, soweit meine Erinnerung nicht trügt, und mittendrin mein Großvater und ich auf dem Fahrrad. Wenige Tage später schwitzte meine Mutter in der Straßenbahn Blut und Wasser, als ich kleinkindlich über

Panzer erzählte, an die ich mich, an den Stellen, die die Straßenbahn gerade passierte, lautstark erinnerte. Trotz dieser kleinen Aufregung ging mein Kindergartenleben rund zwei Jahre ruhig weiter. Es erhielt erst dann einen neuen Einschnitt, als meine Eltern zu sogenannten Republikflüchtlingen wurden und mein Kinderdasein in der Wohnung meiner Großeltern in Leipzig-Schleußig, nahe einem Park, für den die Frauenrechtlerin und Spartakistin Clara Zetkin ihren Namen zur Verfügung stellen musste, seine Fortsetzung fand.

Mein Leben verlief bis zur Einschulung im Jahr 1956 kleinkindlich und privat. Von da an nahm es politische Konturen und Ausprägungen an. Unmittelbar nach meiner Einschulung wurde ich junger Pionier. Was immer das damals sein sollte, auf jeden Fall bekam jeder ein blaues Halstuch, das bei entsprechenden Anlässen möglichst mit einem weißen Hemd zu tragen war. Zudem wurden wir darauf eingeschworen, immer bereit zu sein. Zu was bereit? Zum Kampf für Frieden und Sozialismus. Bereit auch zur Arbeit und zur Verteidigung der Heimat. So stand es zumindest häufig auf kleinen Sporturkunden, die nach entsprechend erbrachten Leistungen der Sportlehrer der Schule überreichte. Neun solche Anforderungen wurden an uns Jungpioniere gestellt, die später analog der religiösen Gebote auf zehn erhöht wurden. Da waren u.a. Friedensliebe, Elternliebe, Sowjetunionliebe, Sauberkeitsliebe - sich immer waschen und so -, Liebe zum Singen, Basteln und Spielen. Später, ab der vierten Klasse, stieg man dann zum Thälmann-Pionier auf. Auf Ernst Thälmann, den die Nazis im KZ Buchenwald ermordet hatten, musste man schwören, so zu leben, zu lernen und zu kämpfen wie er. Allerdings wusste keiner von uns, wie Thälmann gelebt, gelernt und gekämpft hatte. Die Pionierorganisation der DDR orientierte sich weitgehend an der sowjetischen Jugendorganisation, den „Komsomolzen".

Schulbeginn im Sozialismus

Zunächst begann die Einschulung, wie deutsche Schulzeit damals und heute zu beginnen hat: mit Zuckertüte, Schulranzen und Termin beim Fotographen, der den schulischen „Frischling" nebst Tüte abzulichten hatte. Ansonsten war Schule, wie zu dieser Zeit üblich, auch in der DDR sehr autoritär gestrickt. Es galt Strammstehen, wenn das Lehrpersonal zum Stundenanfang das Klassenzimmer betrat. Selbst im Schulsozialismus setzte es von der meist überalterten Lehrerschaft hin und wieder Ohrfeigen oder andere Züchtigungen zur Ertüchtigung der Jugend. Über jeden jungen Wissensvermittler, den die Schule neu beschäftigte, freuten sich alle Schüler, weil die alten Faltengesichter und verbiesterten Oberkommunisten nicht zur Lebensfreude taugten. In den ersten Schuljahren hatten wir eine sehr junge Klassenlehrerin, mit der wir prima zu recht kamen. Nach unserem Junglehrerinnenschwarm trat eine alte Schrulle in unser Leben, die uns das Schuldasein verleidete. Allerdings gab es mit dieser älteren Dame eine nette Anekdote. Einmal ermahnte sie einen meiner Schulfreunde, der ihr im Deutschunterricht allzu sehr sächselte in Sachsen, er solle sich doch mehr bemühen hochdeutsch zu sprechen. Der kleine Pfiffikus kletterte ganz hoch auf seine Schulbank und sächselte quietsch vergnügt weiter. Wir fanden das alle urkomisch und waren stolz auf unseren kleinen Rebellen, der der Obrigkeit, oh ja, die gab es in der DDR in Hülle und Fülle, eine Harke gezeigt hatte. Apropos Pfiffikus, der entbot im DDR-Radio jeden Morgen den Schülern seinen Morgengruß: „Fünf vor sieben, Augen reiben, nicht mehr länger liegen bleiben, hier kommt euer Pfiffikus mit seinem Morgengruß." Damit begann meist mein Schulalltag, der immer wieder für die verschiedensten und speziell sozialistischen Erfahrungen sorgte.

Unsere Schulkleidung, heute Outfit genannt, war unspektakulär und nicht sozialistisch, sie entsprach dem Fünfziger-Jahre-Ost-Stil. Wer vom jungmännlichen Geschlecht nicht in einer Baumwollpludertrainingshose in die Schule kam, war ein Versager. Der konnte sich einem Kleidungsmobbing nicht entziehen. Mädchen kamen noch nicht in Hosen, sondern in irgendwelchen Wollsäcken zum täglichen Bildungsplausch in die Schule. In der Übergangszeit zwischen Winter und Sommer wurden häufig sogenannte Leibchen mit Strapsen getragen, die mussten die kratzigen, wollenen Strümpfe festhalten, welche unter den kurzen Hosen oder Kleidchen - häufig bei den Jungmännern auch Lederhosen im bayerischen Stil - begannen und das ganze Bein bedeckten. Ein Leibchen war eine Art Miedergürtel, mit dem man lange Strümpfe befestigen konnte, die sonst der Schwerkraft gehorchend, sich zum Erdmittelpunkt geringelt hätten.

Zunächst begann meine Schulzeit in einer Grundschule, die später im vierten Schuljahr in eine Polytechnische Oberschule umgewandelt wurde, in der alle Schüler von der ersten bis zur achten Schulklasse in ihrem Klassenverbund zusammenblieben. Erst nach der achten Klasse begann die Selektion oder endete die Schule, aber nur sehr selten. Der Schulabschluss erfolgte in der Regel nach der zehnten Klasse. Er entsprach der mittleren Reife in Westdeutschland, obwohl ich später, als ich die Vergleichsmöglichkeiten hatte, den Eindruck gewann, dass dieser Abschluss qualitativ sogar etwas höher als ein Realschulabschluss einzuordnen war. Seit Einführung der Polytechnischen Oberschule war Schule ganzheitlich. Die heute umstrittene Ganztagsschule in Deutschland war DDR-Realität. Einschließlich Mittagessen und Hausaufgabenbetreuung bis hin zu den „Lehrernachmittagen", bei denen der Klassenlehrer oder die Klassenlehrerin aufgefordert waren, sich um ihre Klasse zu kümmern, das „Klassenkollektiv" zu fördern und zu betreuen, war es möglich, seinen Schultag in der Schule zu verbringen. Dass es sich dabei um eine sinnvolle Einrichtung handelte, braucht nicht extra betont werden, auch nicht die späte Selektion, die das Wachsen von Sozialbindungen ermöglichte. Die Berufstätigkeit der Mütter und Väter erhielt somit adäquate Unterstützung durch die Schule.

Die Schulfächer wurden überwiegend qualitativ gut vermittelt. Es gab einen insgesamt großen Fächerkanon, der neben den üblichen Schulfächern auch technisches Zeichnen und Astronomie im Angebot hatte. Die Ausbildung war gut, auch deren Inhalte meist ideologiefrei. Es wäre natürlich auch schwierig gewesen, eine sozialistische Mathematik oder Physik zu vermitteln, auch das Periodensystem ist weltweit unumstritten, da Naturgesetze für alle gleich sind, bar jeder ideologischen Deutung. Selbst die Lehren Darwins werden nur noch von religiösen Fundamentalisten in Zweifel gezogen. Andererseits wurden natürlich Fächer wie Deutsch oder Geschichte inhaltlich überfrachtet, ohne sozialrevolutionäre Inhalte und historischen Materialismus ging es auch im Schulsozialismus nicht. Das hörte sich dann so an: „Der alte Wirt in Lancashire, der zapft ein jämmerliches Bier. Er zapft es gestern, zapft es heut, er zapft es nur für arme Leut." Dieses von dem deutschen Georg Weerth, der zusammen mit Karl Marx bei der „Neue Rheinische Zeitung" gearbeitet hatte, geschriebene Gedicht entstand, als sich der Verfasser bei seinem Aufenthalt in Großbritannien mit den Problemen des englischen Proletariats befasste. Lancashire, die große Grafschaft im Nordwesten Englands an der Irischen See, war damals wie andere kapitalistische Produktionsorte durch die zunehmende Industrialisierung von besonderer Armut gekennzeichnet.

Der Geschichtsunterricht wurde notwendiger Weise historisch materialisiert, ganz im Sinne des Marxismus, der Geschichte als Historie von Klassenkämpfen interpretierte und die Unvermeidlichkeit vom Endsieg des Sozialismus bzw. Kommunismus postulierte. Von der Sklavenhaltergesellschaft zum Spätkapitalismus sowie dessen zwangsläufiges Scheitern. Viel Wert gelegt wurde auf die sozialistischen Helden des neunzehnten und zwanzigsten Jahrhunderts, wie Karl Liebknecht, Rosa Luxemburg und natürlich Ernst Thälmann, mit dem uns als Thälmannpioniere eine besondere Nähe verband. Aber bereits die Bauernkriege und ihre Anführer wurden sozialistisch vereinnahmt, wie Thomas Müntzer und Florian Geyer, den Gerhard Hauptmann in einem Theaterstück verewigte. Die Idealisierung und Stilisierung der unterdrückten Bauernschaft führte zu einer entsprechenden Aufwertung des Bauernstandes. Nicht umsonst nannte sich die DDR Arbeiter- und Bauernstaat, was wir als Schüler sehr deutlich merkten, weil wir sehr oft zu den Bauern gekarrt wurden, um ihnen bei der Erfüllung ihrer Planvorgaben zu helfen, d.h. die Rüben und Kartoffeln dem Boden zu entreißen.

Der ideologische „Überbau" drückte sich auch im Liedgut aus. Neben dem Spanienkämpferlied, das die internationalen Brigaden im spanischen Bürgerkrieg intonierten: „Spaniens Himmel breitet seine Sterne über unseren Schützengräben aus. Und der Morgen leuchtet in der Ferne, bald ziehen wir zum neuen Kampf hinaus. Die Heimat ist weit und wir sind bereit, zum Kämpfen und Siegen für dich - Freiheit.", war die „Internationale" sehr beliebt: „Brüder zur Sonne zur Freiheit, Brüder zum Lichte empor. Hell aus dem dunklen Vergangenen leuchtet die Zukunft hervor." Diesen „Song" hört man heute noch auf SPD-Parteitagen. Dem Faschisten Franco begegnete ich 1969 zufällig im spanischen Rosas, einem kleinen touristisch geprägten Ort an der Mittelmeerküste, nicht weit von der französischen Grenze entfernt. Mit einem Freund kam ich auf dem Weg zum Hotel am neu eröffneten Supermarkt vorbei, als plötzlich ein kleines, altes, runzliges Männlein kurz neben mir stehen blieb, um das Türöffnen einer schwarzen Limousine abzuwarten, in die er kurze Zeit später verschwand. Außer uns begafften noch einige Einheimische und Kräfte der Guardia Civil den „Generalissimo". Der Spuk war schnell vorbei. Bis mir klar wurde, dass es sich um Franco handelte, war er bereits wieder verschwunden. Nur die Hubschrauber am Himmel und ein Kriegsschiff in der Bucht zeugten noch eine Weile vom Aufenthalt des spanischen Faschisten. Er hatte, so erfuhren wir später, ein Grundstück in Rosas geschenkt bekommen, das er an diesem Tage, neben anderen „Se-

26

henswürdigkeiten", u.a. dem Supermarkt, inspizierte. Als ich zu DDR-Zeiten das Spanienkämpferlied lernte und sang, ahnte ich noch nicht, dass ich später dem „faschistischen Feind" hautnah gegenüberstehen würde.

Das Leben geht seinen sozialistischen Gang

Die sozialistische Vereinnahmung sämtlicher Lebensbereiche, denen auch meine Eltern zum Opfer gefallen waren und sie zum Abmarsch aus der paradiesischen DDR trieb, hatte immer massivere Formen angenommen. Vom Hausbeauftragten bis zum Parteisekretär in der Schule wurden Indoktrinations- und Überwachungsinstanzen installiert, die zu grotesken Formen des Zusammenlebens führten. So durfte ich beispielsweise in der Wohnung meines besten Freundes nicht ins Wohnzimmer, wenn dessen Vater Fernsehen schaute. Warum eigentlich nicht? Aktuelle Kamera, das Sandmännchen und der Schwarze Kanal dienten doch zur Erbauung der DDR-Bürger. Dazu muss man wissen, dass meines Freundes Vater SED-Bonze und Hausbeauftragter war. Als ich aus Versehen einmal die Vorgabe vergaß und in den Fernsehabend unseres Parteigenossen platzte, zuckte dieser bei meinem Anblick auffällig zusammen, faselte irgendetwas davon, dass plötzlich ein fremder Fernsehsender beim Suchvorgang aufgetaucht sei, den er sich auch nicht erklären könne. Der alte Heuchler schaute heimlich Westfernsehen, was ich natürlich kannte und gut verstand.

Zu dieser Zeit war im DDR-Fernsehen eigentlich nur Willi Schwabes „Rumpelkammer" zu genießen, der die alten DEFA-Streifen auf seinem Dachbodenstudio abspielte, in denen filmische Vorkriegsberühmtheiten, angefangen von Hans Moser, Fita Benkhof, Karl Schönböck, Theo Lingen, Paul Kemp, Hans Albers, Ida Wüst,

Heinz Rühmann, Adele Sandrock, Ilse Werner und wie sie alle hießen, ihr Unwesen trieben. Filme wie „Wasser für Kanitoga", „Große Freiheit", „Der Tiger von Eschnapur" oder „Kinder des Olymp" fand ich jedenfalls deutlich lustiger als den „Schwarzen Kanal" vom bissigen Schnitzler, dessen ödes Genöle über den kapitalistischen Klassenfeind einem den Broiler, das war das DDR-Brathähnchen, samt Sättigungsbeilage wieder nach oben würgen konnte. Da war so ein Abend mit dem alten Willi, bei einer Flasche Malzbier, die ich mir mit Akrobatik beim Arbeitgeber meiner Großmutter verdiente, der gleichzeitig unser Fernsehgastgeber war, purer Genuss. Ein Spagat und die Aufnahme eines Wasserglases mit dem Mund sorgten für die entsprechende Fernsehabendverpflegung. Der Chef meiner Großmutter, die als Verkäuferin in seinem „Kolonialwarenladen" arbeitete, verfügte über ein stattliches Holzbein, welches er bei Filmbeginn knarrend ablegte. Dann winkte er mich zu sich, rekelte sich gemütlich mit seinem einzigen Bein - das andere hatte er, so viel ich mich erinnere, vor einiger Zeit in Russland zurückgelassen - im Sessel und erteilte mir Anweisungen, was an Verpflegung aus dem eine Treppe tiefer liegenden Ladengeschäft zu holen war. Meist einen tief dunkelroten Wein namens „Stierblut" für die Erwachsenen und ein Malzbier für mich, den grandiosen Turner, der für das unterhaltsame Vorabendprogramm von Willi Schwabes „Rumpelkammer" gesorgt hatte. Meist wurden zu den Getränken Salzstängel aufgetischt, selten belegte Brote, bekannt als Schnittchen oder in Sachsen als „Bemme". Diese deutsche Gemütlich- und Beschaulichkeit, die ja große Teile der DDR-Geschichte begleitete und die

letztlich Ausdruck kleinbürgerlicher Muffigkeit darstellte, wurde immer wieder von gesellschaftlichen und politischen Groß- und Kleinereignissen unterbrochen.

„Revolten" und „Schauprozesse"

Neben den Ereignissen um den 17. Juni 1953,
die die SED-Führung in hellen Aufruhr ver-
setzten, gab es immer wieder Äußerungen von
größter Unzufriedenheit der Menschen mit den gesellschaftlichen Verhältnissen, die sämtliche sozialistischen
Machthaber im ganzen Ostblock meist blutig, durch
Mithilfe der „Bruderstaaten" niederschlagen ließen.
Wenn erst mal die russischen Panzer der roten Armee
einrollten, war mit dem Protest bald aufgeräumt. Und
die russische Armee war meist nicht weit entfernt, meist
bereits im Land des Widerstandes stationiert. Im Juni 53
waren die russischen Helfer ganz nah, da sie sich seit
1945 als deutsch-sowjetische Freunde in der DDR niedergelassen hatten.

Dokumentiert wurden solche Freundschaftsbezie-
hungen durch entsprechende Begegnungsstätten, die
„Haus der Deutsch-Sowjetischen-Freundschaft" hießen.
Ansonsten achteten die Freunde sehr auf Distanz. Der
militärische Sowjetmensch lebte ghettoisiert in seinen
Kasernenarealen und der deutsche DDR-Einwohner
zeigte wenig Interesse am „Besatzer".

Die Geschichte des osteuropäischen Sozialismus
bleibt auch immer eine Geschichte der Niederwerfungen
und Unterdrückungen kritischer Ansätze. Was in der
DDR im Juni 1953 begann, setzte sich über Ungarn,
Prag, der Solidarnosc-Bewegung in Polen bis hin zu
„Glasnost" fort, der sowjetischen Einsicht von Gorbatschow und Jelzin, dass Unterdrückung, Brot und Spiele
sowie Aufmärsche zu irgendwelchen revolutionären

Feiertagen, nicht für allzu große Zufriedenheit unter der Bevölkerung sorgen. Hier sollte mehr Öffnung, Freiheit und Transparenz zur Rettung der sozialistischen Gesellschaft beitragen. Dass damit eine Lawine in Osteuropa ausgelöst wurde, die einen Großteil der regierenden Sozialisten und Kommunisten unter sich begrub, ahnte wohl bei den ersten zaghaften Versuchen eines Sozialismus mit menschlichem Antlitz wohl niemand.

So gab es 1956, im Jahr meiner Einschulung, den Ungarnaufstand, der „dank" der sozialistischen Bruderstaaten vor allem für die Ungarn ein blutiges Ende nahm, von dem sich das Land bis heute nicht erholt hat. Im Kleinen fanden die vielen Fahnenappelle in meiner Grundschule, der später Polytechnische Oberschule genannten Ausbildungsstätte, Beachtung. Pioniergrüße, auf „Seid bereit!" folgte der chorale Gruß „Immer bereit", Fahne ein- oder hochziehen nebst zusammenlegen, je nach Anlass, sowie Verlesung und Beschwörung irgendwelcher Aufgaben und Pläne, bis hin zur Anprangerung der Vaterlandsverräter/innen, d.h. Lehrer/innen, die der DDR aus niederen Motiven den Rücken gekehrt und sich zum Klassenfeind aufgemacht hatten. Bei individueller Unachtsamkeit konnten solche Appelle schon Folgen haben. So erhielt ich mal eine Strafe, als ich die Republikflucht für die bisher beste Lebensleistung des gerade verlesenen Übeltäters hielt und das auch noch sagte. Aber solche Strafen waren meist bald vergessen und man konnte sich anderen Wichtigkeiten zuwenden, die sich die politisch korrekte Schule ausdachte: Straßenbauarbeiten, Ernteeinsätze in den Landwirtschaftlichen Produktionsgenossenschaften (LPG) oder Müllsammlungen (Altpapier, Schrott und Flaschen, zum Teil

auch Knochen) für den neu anzuschaffenden Schulfern-
seher oder für einen in die Bredouille geratenen südamerikanischen oder nordafrikanischen Revolutionär.
Unsere schulischen Wandtafeln verkündeten das Plan-
soll und den dazugehörigen Ist-Zustand für solche Fla-
schensammel- bzw. Geldbeschaffungsmaßnahmen. Da
konnte es schon vorkommen, dass man mit dem Flaschensammeln etwas hinterherhinkte, was dem zu unter-
stützenden, unwirklichen und uns kaum bekannten Revolutionär leicht hätte die Todesstrafe einbringen können, nur weil wir zu faul waren, Glasbehälter für die
Revolution einzusammeln und diese nebst dem daraus
erzielten Geldbetrag abzugeben. Da konnte man bei
Schludrigkeit leicht zum Mitmörder werden. Da stand
doch ständig die Drohung im Raum oder hing das Da-
moklesschwert über uns Jung- oder Thälmannpionieren:
Hättet ihr mal rechtzeitig eure Flaschen abgegeben,
dann wäre das Geld für eine ordentliche Verteidigung
des inhaftierten Sozialisten oder Kommunisten vorhanden gewesen, der daraufhin freigesprochen worden wäre
und zurück zu seiner Lehmhütte, zu seiner Frau und den
fünf hungrigen Kindern hätte gehen können. Nun wird
wahrscheinlich alles schief laufen, auch die Kinder werden verhungern. Alles eure Schuld, ihr faulen Pioniere,
von wegen „Immer bereit". So ging das Jahr ein, Jahr
aus, was mich einmal zu der trotzhaften, aber blöden
Frage veranlasste, ob es sich nicht um gewöhnliche Ver-
brecher handeln könnte, denen wir da ständig unsere
mühsam ersammelten und erwirtschafteten Gelder hin-
schoben. Solch eine Unterhaltung mit dem entsprechenden Lehrer konnte recht putzig werden. Man stand dann
als Klassenfeind im wahrsten Sinne des Wortes in der

Ecke und wurde zum Verräter an der revolutionären Idee und der sozialistischen Weltbevölkerung. Es gab noch andere schulische „Schauprozesse", die meist unangenehmer ausfielen, wenn man vom Parteisekretär der Schule, der nicht nur das Aussehen, sondern auch den Charme eines Gestapo-Beamten hatte, vorgeladen wurde. Ereignisse, die solche Schulanklageprozesse in seinem Parteisekretariat rechtfertigten, gab es genug. Der Besitz eines Mickeymausheftes, das als Teufelswerk des Klassenfeindes herhalten musste, oder der Besitz und das Tragen eines dekadenten, westlichen Bekleidungsstückes, waren Schwerverbrechen und konnten in der Systemfrage münden. Auch etwas längere Haare, die Beatles mit ihren putzigen Pilzköpfen waren en vogue, brachte die DDR-Schul-Weltsicht zum Wanken. Gegen diesen Defätismus musste radikal vorgegangen werden. Deshalb kam es zu stundenlangen Erklärungen und Verhören, die man im Stehen verbringen durfte, während unser schulischer SED-Soldat, der im Nebenberuf noch Erdkundelehrer war, bequem in seinem Clubsessel thronte, bis er zur entscheidenden Frage schritt: „Bist Du für oder gegen die DDR?" Upps, da stand man schön blöd im Parteisekretariat und überlegte. Was nun? Weil wir keine Freiheitshelden waren, so wie die von uns schlecht versorgten Revolutionäre, fiel unsere Antwort eher trotzig, banal und unreflektiert aus. „Voll dagegen!" Das stank unserem Erdkundeledermanteltypen mit seinem „SED- Bonbon" am Revers derartig, dass man es fast riechen konnte und wir es für Wochen bei ihm verschissen hatten. Er war natürlich nur so sauer, weil er uns Staatsfeinde nicht standrechtlich erschießen lassen durfte, auch langjährige Kerkerhaft war für Schüler in der DDR nicht vorgesehen, ich glaube, sogar verboten.

So verging ein Teil der Schulzeit mit diversen Scharmützeln zwischen Schüler- und Teilen der linientreuen Lehrerschaft. Ein Klassenlehrer fiel dabei besonders unangenehm aus der Rolle, dem, als es um DDR-Historie ging, auf die Frage nach dem 17. Juni 1953 fast der rot angeschwollene Kopf platzte und der nach einer entsprechenden Verschnaufpause uns konterrevolutionäres Pack derart zusammenbrüllte, dass in Zukunft an Fragen zur DDR-Geschichte kein Schüler mehr Interesse zeigte. Der Mann war scharf wie eine Rasierklinge, weil er im Erstberuf Major bei der nationalen Armee des Volkes (NVA) war und dieses Volk, die Arbeiter und Bauern, gegen unflätige Verdächtigungen zu verteidigen hatte. Wie der Mann Lehrer werden konnte, war uns allen schleierhaft. Übrigens: Arbeiter und Bauernstaat. Kommt ein Westdeutscher an die Zonengrenze, fährt weiter, weil ihm so geheißen wird. Kommt ein anderer uniformierter „Friedenswächter", stoppt ihn barsch, besächselt ihn, was ihm denn einfiele, einfach so durch zu fahren. Darauf antwortet der Westdeutsche, dass er von einem anderen Beamten dazu aufgefordert worden sei. Nun wird der sächsische Wächter ganz „närrsch". Blafft zurück: „Wir sin in enem Arbeder- und Bauernstaat, da gibt es gene Beamden!" Der kecke Westler, nicht eingeschüchtert, antwortet zügig: „Entschuldigung, der Bauer da vorhin hat gesagt, dass ich weiterfahren könne." Wie diese Geschichte ausgegangen ist, wurde nicht überliefert.

Russischfreuden oder Liebesgrüße aus Moskau

Es gab noch andere exotische Exemplare, z.B. ein Liebesgruß vom Bruderstaat in Form einer Russischlehrerin, die im Rahmen eines Lehreraustauschs von Moskau nach Leipzig wechselte. Sie sprach und verstand jedoch kaum die deutsche Sprache, noch weniger den sächsischen Dialekt. Die gute Frau verstand fast immer miss, so dass sie, pädagogisch sehr geschickt, meinte, sie müsse mit disziplinarischen Maßnahmen ihre Muttersprache vermitteln. Bei ihr hieß dies: Sofort zum Rektor, so dass ich pro Woche ein- bis zweimal beim Rektor antanzte, was eigentlich eine außergewöhnliche Strafe darstellte. Unsere sowjetische Russin hatte von den Strafabstufungen in DDR-Schulen keine Ahnung - ich glaube, diese Stalinistin hätte mich am liebsten in den GULAG verbannt -, weil sie stets die Höchststrafe aussprach. Dieses Vorgehen hatte Vor- und Nachteile. Zum einen war man dem Rektor, zu dieser Zeit eine Rektorin, und den Sekretariatsdamen recht bald gut bekannt, was bei den ersten Begegnungen noch zu gewissen Aufregungen führte, bald aber zur Routine wurde. Das konnte man an Bemerkungen wie „ach, schon wieder der" oder „was ist denn nun wieder los, du warst doch erst gestern hier" ablesen. Und zum anderen bedeutete dies einen gewissen Nachteil, den man nicht unterschätzen sollte. Ich habe lange darüber nachgedacht, wie man Russisch lernen soll, wenn man wie ich ständig das Gastrecht des Schulleiters in Anspruch nehmen musste. Dementsprechend fielen meine russischen

Sprachkenntnisse bescheiden aus, denn von den Rekto-
ratsdamen sprach keine diese Sprache und die Liebes-
grüße aus Moskau gerieten mir zur Sprachaversion.

Unterrichtstage in der sozialistischen Produktion

Meine Unterrichtstage in der sozialistischen Produktion enthielten neben verschiedenen positiven Überraschungen auch unangenehme Begleiterscheinungen. Einmal pro Woche war für DDR-Schulkinder vorgesehen, dass sie möglichst praxisnah ihre Nasen in die sozialistische Produktion der Volkseigenen Betriebe (VEB) stecken sollten. Das taten wir mit großem Eifer und in den verschiedenen Betrieben des Volkes. Der Eifer, das muss fairer Weise zugegeben werden, wurde auch davon getragen, dass wir an diesen Tagen dem Schulalltag entfliehen und bei der Hin- und Rückfahrt zu und von den Betrieben, die als sozialistische Unterrichtsproduktionsstätte fungierten, gewisse Freiheiten genossen, d.h. häufig ohne Lehrer/in, zu Fuß und mit der Straßenbahn unterwegs waren. So konnte man rumbummeln, etwas einkaufen oder sonstigen Unfug treiben, um hinterher behaupten zu können, man hätte die Straßenbahn ganz knapp verpasst und wäre deshalb verspätet zur Schule angereist. An zwei sozialistische Produzenten kann ich mich noch gut erinnern. Der eine beschäftigte sich mit Telefonanlagenbau und der andere stellte Kräne her. Beide waren von den Anforderungen her sehr verschieden. Während wir beim „Volkseigenentelefonanlagenbauer" meistens filigran zu Werke gehen mussten - in Fließbandarbeit wurden Gesprächszähler zusammengebastelt -, waren beim sozialistischen Kranbau eher grobmotorisch-muskuläre Fähigkeiten gefragt, was in der Regel das Entgraden von

Gussteilen bedeutete. Dementsprechend rannten wir die dort zu verbringenden Stunden im „blauen Anton" und mit dreckigen Pratzen durch die volkseigene Werkhalle, während wir im Feintechnikgewerbe der Telefonfirma „Räuberzivil" oder weiße Mäntel tragen durften. Obwohl hin und wieder auch theoretisches Hintergrundwissen in diesen Firmen vermittelt wurde und wir zudem in einer Lehrwerkstatt uns an verschiedenen Maschinen ausprobieren durften, hatten wir häufig den Eindruck, wir würden einfach nur als billige Arbeitskräfte ausgenutzt. Man könnte auch sagen, ausgebeutet. Aber Ausbeutung des Volkes - hier auch noch von Kindern - gibt es ja nur beim kapitalistischen Klassenfeind, aber nicht im Gerechtigkeitssozialismus. Theoretisch nicht, aber im real existierenden Sozialismus praktisch schon. So dass wir auf den Gedanken der Kinderarbeit verfielen und uns fragten, ob das rechtens sei. Eines Tages wollten wir uns nicht mehr „ausbeuten" lassen. Wir hatten keine Lust auf Arbeit und gingen in unserer Telefonfirma zum „Generalstreik" über, was der überraschte Firmenbetreuer mit Aussperrung ahndete. Da gab es bei unserer Rückkehr in die Schule ein mächtiges Hallo von den anderen Schülern und von Lehrern und Schulleitung. Der erste Schülerstreik auf dem Boden der Deutschen Demokratischen Republik hatte sich in Windeseile, zumindest bis zu unserer polytechnischen Schule herumgesprochen. Ansonsten blieb unsere Trotzmaßnahme einer breiten Öffentlichkeit verborgen. Weder die „Aktuelle Kamera" - Nachrichtensendung des DDR Fernsehens - noch die Tagesschau des Klassenfeindes berichteten von unserer heroischen Tat. Vermutlich lag das geringe Interesse an dieser Konterrevolution daran, dass keine russischen Panzer zum Einsatz kamen und nicht geschossen wurde. Wenn ich mich noch richtig erinnere, waren wir Streikenden nur zu zehnt. In dieser Besetzung kann man das System nicht zum Wanken bringen, nur die Lehrerschaft, die sich ihre Konterrevolutionäre mal wieder vorknöpfen musste und den üblichen Sermon von sich gab, was da hieß: Dem Klassenfeind in die Hände spielen, indem man die Gesprächszählerproduktion zum Erliegen bringt. Was ich mich heute manchmal frage: Für was haben die eigentlich diese ganzen Gesprächszähler gebraucht? In der DDR gab es doch kaum Telefone.

Genosse Kirow und seine Kranfabrik

Die Kranfabrik, in der wir unseren sozialistischen Unterrichtsstag verbrachten, hieß „Kirow". Kirow war ein russischer Genosse und, je nach kalendarischer Sichtweise, ein Februar- und Oktober- bzw. Novemberrevolutionär, der bereits 1905 mit der sozialistischen Arbeiterpartei rebellierte, im Februar 1917 den Zar wegputschte und Ende 1917 mit den Mehrheitlern („Bolschewiki") die komplette Macht in Russland übernahm. Aurora hieß der Panzerkreuzer, der am 25. Oktober 1917 das Startsignal zum Umsturz gab, indem er auf das berühmte Winterpalais in Petersburg schoss. Nach diesem Panzerkreuzer wurde später ein Mehl in Deutschland mit folgendem Werbeslogan benannt: „Aurora mit dem Sonnenstern". Ein Revolutionskumpel hieß Uljanow, besser bekannt als Lenin, der zum Leader der Revolte avancierte und der, ähnlich wie der russische Milliardär Abramowitsch heute, zunächst im Londoner Exil lebte. Nach Bolschewikianfrage kam Lenin via Zürich nach Moskau, um bei der entstandenen Unordnung, nachdem Zar und Zimmermann schon weg waren, mitzuhelfen, Kerenski, den Reformer, der zu dieser Zeit das Sagen hatte, und seine gesamte Minderheitler-Crew („Menschewiki") ein für allemal auf und davon zu jagen. Kirow, zunächst zögerlich, beteiligte sich und unterstützte all diese Unternehmungen, damit später nach ihm eine Kranfabrik benannt werden konnte. Das nenne ich Vorausschau. An Chelsea, dem Londoner Stadtteil und Fußballverein, war Lenin, wenn die Historiker richtig recherchiert haben, übrigens nicht in-

41

teressiert. Er ahnte, nein er wusste es, dass seine Lenin-
büsten, die zu Tausenden später in allen Ostblockstaaten
aufgestellt wurden, zu einer viel größeren Popularität
beitragen würden als Abramowitsch mit seinem englischen Bolzverein je erreichen kann. Interessant ist, warum ausgerechnet der Russe Abramowitsch, der ja seine
Milliarden dem Zusammenbruch des sozialistischen und
kommunistischen Sowjetreiches zu verdanken hat, auf
den DDR-Jungpionier und Fußballspieler Ballack setzt,
der zwar „Immer bereit" versprochen hat, aber es häufig
fußballerisch nicht einhalten kann, wie wir anderen
Jungpioniere es ebenfalls nicht konnten. Mir bleibt diese
Wahl persönlich rätselhaft.

Interessant an dem Volkseigenen Betrieb „Kirow",
der meiner Schulklasse den Unterrichtstag in der sozialistischen Produktion ermöglichte, ist die Tatsache, dass
er die Vereinigung der beiden deutschen Staaten, die
Wende, gut überlebt hat. Formal ist er zwar eine kapitalistische AG geworden, inhaltlich ist alles beim Kranbau
geblieben, sogar der Name des russischen Altgenossen
„Kirow" blieb erhalten. Eine gewisse, wenn auch sozialistische, Tradition muss schließlich bewahrt werden.
„Kirow is (nun) a member of Kranunion", baut und ver-
treibt Eisenbahnkräne, Schlacke- sowie Knick- und
Randgelenkstransporter in weltweiter Kooperation, bis
nach Süd-Ostasien. Vom sächsischen VEB zum Global-
player.

Weimar und Buchenwald

Die schöne Stadt Weimar, die mit Herder und Goethe, Wieland und Schiller den Ort der deutschen Klassik bildete, ist für mich verbunden und belastet mit dem nahegelegenen ehemaligen Konzentrationslager Buchenwald. An keinem Ort dieser Welt liegen Vernunft, Erkenntnis, Wahnsinn und Unmenschlichkeit näher beisammen als hier. Der unmittelbar an Weimar angrenzende Ettersberg, auf dem dieses KZ 1937 errichtet wurde, bleibt einer der blutigsten Flecken deutscher Schande.

Das erste Mal kam ich als etwa Zehnjähriger nach Buchenwald, dieser Stätte des Unfassbaren, des Unbegreiflichen. Dieser grauenvollen Anlage, mit Stacheldraht und Wachtürmen, ihrem Einlasstor mit der perfiden Inschrift „Jedem das Seine", mit einer monströsen Genickschussanlage, die als medizinische Einrichtung getarnt vielen den Tod brachte, dem Krematorium, in dem die zu Tode gequälten Opfer verbrannt wurden, so dass bei entsprechendem Windstand der Geruch verbrannter Leichen über Weimar niedergegangen sein muss, mit dem Steinbruch, dem kleinen Bärenzwinger, der für die von Roma oder Sinti ins Lager mitgebrachten Tiere angelegt wurde, kann sich niemand entziehen.

Die heute im Lager ausgestellten Überreste der Opfer, die Schuhe und Brillen, die Lagerkleidung oder die Uniformen der Täter, die Baracken für ihre ekelhaften medizinischen Experimente, die bestialische Lagerärzte durchführten, dies alles hat mich als Zehnjährigen innerlich zutiefst erfasst und nie mehr losgelassen. Buchenwald bleibt für immer ein Ort des Schreckens, ein Tiefpunkt deutscher Geschichte, wo sich unter den vielen Opfern auch der Kommunist und Reichstagsabgeordnete Ernst Thälmann befand, der auf Befehl Hitlers hingerichtet wurde.

Die Mauer

Im August 1961 geschah eines dieser historischen Großereignisse, die die Welt, zumindest aber die beiden deutschen Staaten, veränderten: Die Mauer wurde errichtet. Aus DDR-Sicht wurde sie zum „antifaschistischen Schutzwall", der wegen „erheblicher Gesellschaftsgefährlichkeit" mitten durch Berlin gebaut werden musste. Auch vor dem Brandenburger Tor machten die DDR-Mauerbrigaden nicht halt. Nach und nach wurde alles mit Mörtel und Beton zugekleistert, ganze Häuserzeilen mussten geräumt werden, damit nach Honeckers Plan, der diese strategische Maßnahme federführend leitete, der sozialistische Schutzwall realisiert und errichtet werden konnte. Was bisher noch keiner Stadt gelungen war, schafften die Gestalter des real existierenden Sozialismus: Sie beendeten die Durchlässigkeit und verdoppelten die deutsche Metropole. Von da an gab es Berlin wirklich zweimal: Ostberlin nur noch für DDR-Bürger und Westberlin nur für Westberliner. Die bisher löchrige Ost-West-Grenze, die durch die Zonenaufteilung nach dem Zweiten Weltkrieg entstanden war, und schon seit 1952 befestigt wurde, verschwand nicht, sondern erfuhr eine massive Verfestigung. Dies bedeutete eine Grenze, die nur noch sehr schwer zu überwinden war. Ein erhebliches ostdeutsches Beschäftigungsprogramm für das Handwerk begann, um die Betonbauten, Wachtürme, Stacheldrahtzäune am rund 168 Kilometer langen „Schutzwall" zu errichten. Das Grenzwerk wurde darüber hinaus mit einem Schießbefehl für die Grenzsoldaten der DDR ausgestattet, was vielen Ostdeutschen, die das Risiko einer Grenzüberwindung in Kauf nahmen, das Leben kostete.

Jener 13. August, der als Stichtag des Mauerbaus in die Geschichte eingegangen ist, trennte letztendlich nicht nur Städte und Dörfer, Straßen und Häuser, sondern auch Familien und Verwandtschaften, Freundschaften und Nachbarschaften. Diese Grenze, diese Demarkationslinie, zerstörte soziale Strukturen, und was noch viel schlimmer war, sie begann in den Köpfen der Menschen ihren Platz einzunehmen. Die Hinnahme und die Akzeptanz verliefen zügig. Das Bewusstsein eines getrennten Alltags, mit anderen sozialisatorischen Erfahrungen und Eindrücken, mit anderen lebensweltlichen und gesellschaftlichen Hintergründen, steckt heute noch in vielen Köpfen und erschwerte 1990 die Vereinigung Deutschlands. Fremde Welten prallten da aufeinander, die ihre Kenntnisse über den jeweils anderen nur propagandistischen Informationen verdankten. Beide deutschen Staaten taumelten völlig unvorbereitet in die Vereinigung. Die deutsch-nationale Euphorie vernebelte den Blick für das Machbare und die Probleme, die ein solcher Prozess mit sich bringt.

Da eine Enklave wenig zur Hauptstadt taugt, hatte sich der „Westen" mit Bonn seine eigene Provinzhauptstadt bereits geschaffen. Vom Zeitpunkt des Mauerbaus an, von dem meine Großeltern und ich im thüringischen Mittelheringsdorf erfuhren, weil wir dort gerade im Ferienlager des Reichsbahnamtes Bautzen unsere Sommerferien verbrachten, begann eine neue „Eiszeit" zwischen den beiden Gesellschaftssystemen, und der Begriff des „Eisernen Vorhangs", der die Trennung zwischen den östlichen Warschauer-Pakt-Staaten und den westlichen NATO-Staaten mehr als verdeutlichte, erfuhr eine sicht- und greifbare Konkretisierung.

Der Antennenbauer

In dem alten Bürgerhaus mit seinen bleigefassten Treppenhausfenstern und den Toiletten ein halbes Stockwerk tiefer, in dem meine Großeltern wohnten, lebte ein Mann, der sich mit Rundfunk- und Fernsehtechnik auskannte. Er hatte im Parterre eine Art Ladenlokal, in dem viele Ersatzteile und alte Röhrengeräte herumstanden. Ein etwas unübersichtlicher Laden, wie der Mann selbst. Man wusste nicht so recht, wovon er eigentlich lebte, so dass einiges über ihn getuschelt wurde, zumal er als Untermieter bei einer Frau wohnte, deren Mann im Krieg verschwunden war und die plötzlich im fortgeschrittenen Alter noch vom „Rundfunktechniker" schwanger wurde. Ab einem gewissen Zeitpunkt schien dieser Mann von Aufträgen überflutet zu werden. Es war die Zeit, als auch die DDR Fernsehapparate in größerer Breite zur Verfügung stellte. Ich bekam von ihm das Angebot, kleine Aluminiumstangen zum Stückpreis von fünf Pfennig auf Vordermann zu bringen. Das bedeutete, mit Schmirgelpapier vergammelte Aluminiumstangen blitzblank zu schleifen. Da konnte man sich zum spärlichen Taschengeld noch etwas dazu verdienen. Später war mein Schülereinkommen allerdings deutlich umfangreicher, zumal es eine Art Stipendium vom Staat, ausgezahlt durch die Schule, gab und ich mir mit allerlei Geschäften noch einiges dazuverdiente. Allerdings war ich nicht der Einzige, der regen Handel mit westdeutschen „Schundheften" trieb. Mit „Fix und Foxi-Heften", „Billy Jenkins" oder Jerry-Cotton-Romanen" sowie anderen Bastei-Lübbe Produktionen konnte man ordentlich Geld machen. Auch Naturalien wurden gehandelt. Ich hatte einen Klassenkollegen, der Bohnenkaffee für Modelleisenbahnteile besorgte. Ein Pfund Kaffee, ungeröstet, für eine Lok. So entstand diese DDR-Schüler-Parallelwährung. Es gab natürlich auch die kindgerechte Variante: das Tauschen von Abziehbildchen. Dies machte sicher nicht nur im Sozialismus viele Kinder glücklich.

Im Quartier meiner Großeltern war es leicht möglich, über die Speicher, die große doppelstöckige Flächen einnahmen, auf die flachen Dächer der vierstöckigen Wohnhäuser zu gelangen. Die Böden in diesen alten Bürgerhäusern waren zweistöckig, mit Einzelspeichern, und darüber, quasi im zweiten Stock, mit einem von der „Hausgemeinschaft" nutzbaren Wäschetrockenboden ausgestattet, der über eine steile Treppe von der ersten Speicherebene aus erreichbar war. Von diesem „Wäscheboden" aus konnte man über eine weitere Leiter durch eine aufklappbare Dachluke auf die gut begehbaren Dächer gelangen. Eines Tages sprach mich unser „Rundfunktechniker" an, ob ich ihm bei seinen technischen Unternehmungen nicht etwas zur Hand gehen könne, die, wie sich bald herausstellte, in luftiger Höhe auf den Dächern unseres quadratischen Häuserblocks ihren Anfang nahmen. Er riet mir, möglichst vom Rand wegzubleiben, aber der „Fußweg" auf den Dächern war von solcher Breite, dass es selbst dem nicht Schwindelfreien keine große Mühe bereitete, sich auf den Dächern zu bewegen. Nachdem ich sah, was der gute Mann an Material mitbrachte, wurde mir klar, dass er im Antennengewerbe Fuß gefasst hatte. Meine feinpolierten Aluminiumstangen fanden hier reißenden Absatz, denn die

Fernsehantennen der damaligen Zeit bestanden meist aus einer Längsverstrebung und einer Vielzahl von Querstäben. Die Ausrichtung der Stangen konnte über das Empfangsverhalten bestimmen. Ein bis zwei Stangen entsprechend ausgerichtet, schon hatte man das Programm des Klassenfeindes auf dem Bildschirm, was natürlich viele in Anspruch nahmen, um dem sagenumwobenen „Westen" sehr nahe zu sein. Doch da gab es eine Ausnahme. In Dresden und Umgebung schien dies alles nicht zu funktionieren, denn man sprach diesen Mitbürgern, äh, sozialistischen Proletariern, jede Ahnung ab, weil sie trotz aller Bemühungen keinen Westempfang erzielen konnten und somit ein Wissens- und Informationsdefizit aufbauten, an dem sie wahrscheinlich heute noch zu knabbern haben. So bekam dieser Landstrich in der DDR das Etikett: „Tal der Ahnungslosen". Für Leipzig galt das eben nicht, so dass unser fleißiger Fernsehtechniker die gesamte Nachbarschaft mit Fernsehantennen versah, bei Wunsch mit eingebautem Westempfang und -programm. Seine erfolgreiche Geschäftsidee wurde ihm wohl eines Tages zum Verhängnis, denn er verschwand plötzlich, und es wurde gemunkelt, dass er seinen Kramladen mit einer Zelle im VEB Knast vertauschen musste. Nach einer gewissen Zeit, etwa einem Jahr oder etwas mehr, tauchte er wieder auf, sprach aber über seine Abwesenheit kein Wort, so dass damals keiner richtig wusste, weshalb er verschwunden war. Die Ladengeschäfte nahm er jedenfalls nicht wieder auf. Der Laden wurde durch die städtische Wohnungsbaugesellschaft zur Wohnung umgebaut.

Das Wohnquartier

In der Straße, in der meine Großeltern wohnten und lebten, gab es noch Erinnerungen aus früheren Tagen. Eine allabendliche Attraktion war das Anzünden der noch vorhandenen Gaslaternen. Bei Beginn der Dämmerung tauchte ein Männlein auf, welches mit einem langen Stecken, der als Zünder funktionierte, die Gaslaternen zum Erklimmen brachte. Dann lag die ganze Straße in einer diesigen Helligkeit, die an schummrig beleuchtete Londoner Gassen erinnerte, in der im 18. Jahrhundert Jack the Ripper sein Unwesen trieb. Durch unsere Straßen trieb es jedoch nur die Werktätigen, die abends schnell und möglichst unbemerkt am Hausbeauftragten vorbei ins private Glück flüchten wollten, um ihrem sozialistischen Alltag zu entfliehen, der mit seinen gesellschaftlich-politischen Ansprüchen auch leicht überfordern konnte. Zu erstellende Wandzeitungen und 1. Mai-Demonstrationen mit anschließender langatmiger Kundgebung, bei der hauptsächlich ältere Männer der allumfassenden SED (Sozialistische Einheitspartei Deutschlands) ihre langweiligen und inhaltlich nahezu identischen Reden abhielten, waren dabei noch die harmlosesten Varianten sozialistischer Einbindung.

Unser Wohnquartier hatte durchaus einen gewissen Charme, der entgegen dem gesellschaftlichen Wandel noch einige Zeit Bestand hatte. In unserem Viertel gab es einen Tabakladen, in dem Zigaretten noch einzeln erworben werden konnten, Friseurläden mit Interieur aus vergangenen Zeiten, eine Wäschemangel im Hinterhof eines Mietshauses, die nach jedem großen Waschtag aufgesucht werden musste, um große Wäschestücke zu „bügeln", einen Kolonialwarenladen, in dem es noch Sauerkraut und Hering aus dem Fass gab, in dem Zucker und Mehl aus großen Holzschubladen geschaufelt und in Tüten gefüllt wurden, ein Milchgeschäft, in dem die Anwohner mit ihren kleinen Milchkannen kamen, um sich die täglichen Rationen Milch zu kaufen. Zudem gab es einen Schuhmacher, der sogar noch Lederklötzchen auf Fußballschuhe nagelte, wie sie einst Fritz Walter 1954 beim ersten deutschen Weltmeistertitel trug.

Auch ein Metzger, bei dem ich feines Rindertatar in geringen Grammmengen für meinen fleischfressenden Fisch kaufen konnte, und ein Bäcker, der wohlriechende Kuchen und ordentliche Semmeln herstellte, fehlten nicht.

Im Nachbarhaus gab es sogar einen Schneider, der neben Reparaturen ganze Kleidungsstücke nach Maß fertigte. Drei Eckkneipen im alten Stil, die eine sogar mit einem herrlichen Biergarten, die andere mit schönem Billardtisch, sorgten im Sommer wie Winter für angenehme Freizeitbeschäftigung, die sich wohlwollend von den sozialistischen Freizeitanimationen abhob, die u.a. von der Gesellschaft für Sport und Technik (GST) angeboten wurden. Nicht jeder hat immer Lust auf Handgranatenweitwerfen, Fallschirmspringen, auf Laufen und Robben über den militärischen Hindernisparcours oder auf Luftgewehrschießen. Für den ein oder anderen Genossen waren solche Beschäftigungen sicherlich so was wie das erträumte Paradies, aber andere wollten nur Bier trinken, Billard spielen und flotte

Sprüche loslassen. So gingen die Interessen auch im Sozialismus häufig durch- und auseinander.

In unserer Straße tauchte einmal in der Woche ein alter Lastwagen auf, in dem zwei stämmige Herren mit schweren Lederschürzen saßen, die sich nachdem sie ihren Führerstand verlassen hatten, mit Glockengebimmel ankündigten. Da wussten alle und riefen es sich zu: „Der Eismann ist da". In dem geschlossenen und innen metallisch ausgeschlagenen Wagen, der hinten mit zwei Flügeltüren verschlossen war, lagen riesige lange Eisblöcke, die für die herbeieilenden Kunden mit einem Eispickel, je nach Bedarf, portionsgerecht geteilt wurden. Die immer noch großen Eisstücke verteilte die zahlreich erschienene Kundschaft in ihren mitgebrachten Behältnissen, meist Netzen und Eimern, um nach Bezahlung zügig nach Hause zu eilen, damit dem heimischen Eisschrank, zur Kühlung von Lebensmitteln und Getränken, wieder frische Kühlung entlockt werden konnte. Kühlschränke, die per Strom für Kühlung sorgen, gab es damals noch nicht. So blieben Eisschränke und die in den alten Häusern obligatorisch eingebauten Lebensmittelkammern lange Zeit die beiden einzigen Orte, an denen man Nahrung und Getränke aufbewahren konnte. Wie heißt es so schön in einem alten Lied: „Eisgekühlte Coca Cola, Coca Cola eisgekühlt ..." Eiskühlen klappte in der DDR, aber Coca Cola! Obwohl, später gab es dann die DDR-Clubcola, aber da gab es ja auch schon Kühlschränke.

Lehrerschwund à la DDR

Das Problem, dass Lehrer in den Schulen fehlen und viele Lehrer älter sind, ist nichts Neues. Bereits in den fünfziger und sechziger Jahren fehlten Lehrer, war die Lehrerschaft häufig überaltert. Dies war vor allem kein spezifisches DDR-Problem, denn auch in den westdeutschen Schulen schlichen Lehrer und Lehrerinnen durch die Schulhausgänge, die an den sagenumwobenen Methusalem erinnerten. Aus Mangel wurde die Lehrerschaft nicht in ihren verdienten Ruhestand entlassen, sondern zum mehr oder weniger munteren Weitermachen ermutigt, was häufig die Schüler entmutigte, wenn ihnen Oma- oder Opalehrer gegenüberstanden, die von der aktuellen Jugend so viel Ahnung hatten wie ein Schwein vom Radfahren.

In den DDR-Schulen gab es noch weitere Möglichkeiten, den Lehrermangel zu verschärfen. Als ich eines Tages in die Schule kam, waren vier Lehrer plötzlich nicht mehr anwesend. Darunter auch unser geliebter Sportlehrer, der nicht nur ein junger braungebrannter Leichtathlet, Typ Sprinter aus dem Norden war, sondern auch sehr motiviert sein Fach vertrat. Wir als Schulklasse hatten jedenfalls an ihm nichts auszusetzen, so dass uns sein zunächst unentschuldigtes Fernbleiben als erheblicher Verlust erschien. So nach und nach sickerte bei uns Schülern durch, vermutlich von Seiten der Lehrerschaft, die ja an der Informationsquelle saß, dass unsere vier Wissensvermittler im Gefängnis saßen. Dies wunderte uns sehr, denn alle vier waren als weitgehend freundliche und beliebte Lehrer bisher nicht unangenehm in Erscheinung getreten, geschweige denn dass wir sie uns als bösartige kriminelle Subjekte hätten vorstellen können, die zu einem Verbrechen fähig waren. Es sickerte im Laufe der Zeit folgende Information heraus, die das „Verbrechen der Viererbande" erläuterte: Die verschwundenen Lehrer sollten konspirativen Kontakt zu Lehrern aus Westberlin gehalten haben, damit hätten sie spionageverdächtig der sozialistischen Heimat geschadet. Uns Schülern erschien eine solche Anklage völlig unverständlich, aber wer weiß, weswegen Menschen in der DDR angeklagt wurden und in den sozialistischen Gefängnissen verschwunden sind, den wundert diese Absurdität nicht mehr. Da reichte ein Ausruf wie „Freiheit für die CSSR" im Prager Frühling, und man durfte zehn Monate bei freier Kost und Logis in einer volkseigenen Besserungsanstalt verbringen.

Wie unsere vier Lehrer untergebracht wurden und wie lange ihre Suspension vom Schuldienst dauerte, ist mir nicht bekannt. Einer von diesen vier „Verbrechern", unser Sportlehrer, stand nach etwa einem Jahr plötzlich wieder vor uns und unterrichtete Sport, als wenn nichts gewesen wäre. Über sein Weggehen vor einem Jahr wollte er nicht mit uns sprechen. Er war überhaupt sehr ruhig und sehr bleich geworden. Sozusagen ein Sportlehrer ohne Farbe und Spannkraft. Was aus seinen drei anderen Lehrerkollegen geworden ist, weiß ich bis heute nicht. Immerhin wurde unser Sport- und Erdkundelehrer zwar nicht rehabilitiert, aber zur Bewährung wieder für den Schuldienst zugelassen. So konnte er mithelfen, den Lehrerschwund in der DDR abzubauen und erkennen, dass auch Sündern eine Chance gegeben wurde.

Die KJS

Die Kinder- und Jugendsportschulen (KJS) wurden in der DDR bereits Anfang der fünfziger Jahre eingeführt. Der Zusammenhang zwischen früher Sichtung und Förderung jugendlicher Talente wurde rasch erkannt und sollte den Leistungssport beflügeln, um die Überlegenheit des sozialistischen Gesellschaftssystems auch auf dieser Ebene herauszustellen. Die meisten Sieger, die die DDR bei internationalen sportlichen Vergleichswettkämpfen stellte, kamen aus diesen Spezialschulen, von denen es 25 über die DDR verteilt gab. In Berlin gab es vier solcher Schulen und in Leipzig zwei. Zunächst galt das Interesse den Sommersportarten, später, als der Wintersport an Bedeutung gewann, wurden verschiedene Disziplinen der kalten Jahreszeit ebenfalls stark gefördert. Noch heute lebt die Bundesrepublik in bestimmten Wintersportarten, wie z.B. Biathlon, von den konzeptionellen DDR-Strukturen im Spitzensport.

Die Schulen meldeten sportlich begabte Schüler zu einer Sichtung und Auswahl in den Trainingsstützpunkten an. Nach dem Sichtungsprogramm wurde von den Trainern entschieden, wer zur Aufnahme in eine KJS „delegiert" wurde. Aus meiner Schule wurden aus einem bestimmten Altersjahrgang drei Schüler ausgewählt. Einer dieser Schüler war ich, weil die Leistungen in den leichtathletischen Disziplinen Sprint und Weitsprung zumindest innerhalb unserer Schule herausragten. Die Aufnahmeprüfung dauerte drei Tage und wurde mit vielen Trainingseinheiten und entsprechenden Leistungstests ausgefüllt. So bleibt mir das alte Leipziger Zentralstadion, das 100.000 Zuschauer fasste, als Trainingsgelände in negativer Erinnerung, weil die endlosen Treppenstufen, die zur Erklimmung dieser Riesenschüssel eingebaut waren, zu Trainingseinheiten genutzt wurden. Nach Ablauf der dreitägigen Sichtung, die die auszuwählenden Jugendlichen in unterschiedlichen Sportgruppen verbrachten, kehrten wir zu unseren Schulen zurück und wurden Wochen später über die Ergebnisse informiert. Aus der Dreiergruppe unserer Schule wurde einer für die Disziplin Schwimmen ausgewählt. Meine leichtathletischen Fähigkeiten waren nicht schlecht, aber ohne herausragende Perspektive, so dass ich zum Glück in meiner vertrauten schulischen Umgebung verbleiben konnte. Mein damaliger Schulfreund, der als Schwimmer ausgewählt wurde und der im selben Haus wie ich wohnte, musste fortan seine Schwimmfähigkeiten in der KJS in einem harten Schulalltag verbessern. Dieser begann frühmorgens mit einer längeren Straßenbahnfahrt in die Kinder- und Jugendsportschule und endete am späten Nachmittag, an dem wir uns manchmal noch im Treppenhaus trafen. Während wir uns über unsere Schulerfahrungen austauschten, musste er mit einem Gummiseil noch Kräftigungsübungen für seine Arm- und Beinmuskulatur machen. Drei Jahre hielt er durch, dann wurde er an unsere Schule zurückverwiesen, weil er als Schwimmer keine sportliche Zukunft hatte. Für meinen Schulfreund war diese Entscheidung sicherlich nicht schlecht, denn dadurch ist ihm das systematische Doping erspart geblieben. Ob es aus unseren Sichtungslehrgängen einer zum Olympiasieger oder Weltmeister geschafft hat, ist mir nicht bekannt.

Waschtag

Wäsche waschen ist sicherlich nichts spezifisch sozialistisches, denn dreckige Wäsche entsteht in allen Gesellschaftssystemen. Allerdings war Wäsche waschen in den fünfziger Jahren ein besonderes Ereignis, das gut ein bis zwei Tage in Anspruch nahm. Allein die Vorbereitungsarbeiten dauerten ihre Zeit. Zunächst wurde der Termin geplant und musste in ein Buch eingetragen werden, damit nicht gerade ein Nachbar am selben Tage Ähnliches vor hatte. Dann ging es am Waschtag ins Waschhaus, das in den großen alten Bürgerhäusern im Kellergeschoss untergebracht war. Dort gab es entsprechende Vorrichtungen, in denen die Wäsche aufbereitet wurde. Hier waren Kessel, in denen ein Feuer entfacht wurde, um die Wäsche sauber zu kochen. In anderen Metallwannen wurden die Spülvorgänge erledigt. Die Hausfrau - den Hausmann gab es damals noch nicht - betrat das Wäscherefugium meist mit Gummistiefeln, Gummischürze sowie mit Kopftuch bekleidet. Da es sich um eine über Stunden dauernde, sehr feuchte, sehr wasserintensive und schweißtreibende Angelegenheit handelte, entsprach diese Kleidungswahl durchaus den anstehenden Aufgaben. Die Hitze und feuchte Luft im „Tempel der sauberen Wäsche" war meist kaum auszuhalten, da die Frau hier durch heiße Nebelwände schritt und mit einem überdimensionalen Holzlöffel die Wäsche im Kochtopf umrühren musste. Knochenarbeit. Nach Vollendung des Kochvorganges wurde gespült, um dann die triefende Wäsche durch ein Gerät zu pressen, damit der Trockenvorgang nicht Wochen andauerte. Erst nach diesem Vorgang verließ die Wäsche das Waschhaus im großen Weidenkorb und wurde ans Tageslicht geschleppt. Der weitere Prozess, das Wäscheaufhängen, wurde bereits vorbereitet. Im Innenhof der Häuser standen hohe Pfosten aus Stein, in die am oberen Ende Haken eingelassen waren. Entlang diesen Haken wurden viele meterlange Wäscheleinen gespannt und entsprechend festgezurrt, damit zum Beispiel große Wäschestücke nicht durchhängen konnten, was sonst automatisch eine Bodenberührung zur Folge gehabt hätte. Mit großen hölzernen Wäscheklammern wurden die Wäschestücke fixiert, um Abstürze möglichst zu vermeiden, was im Negativfall zu einem erneuten Waschgang geführt hätte. Die große Wäsche einer Familie bedeutete, dass der gesamte Innenhof mit Wäsche übersät war. Dies alles geschah natürlich nur in den Frühjahrs- und Sommermonaten, wenn zu erwarten war, dass Sonne und Wind die Arbeiten unterstützten. In den für das Wäschewaschen eher ungeeigneten Jahreszeiten wurde die Wäsche aus dem Waschhaus auf den überdimensionalen Wäscheboden im vierten Stock geschleppt, um gut überdacht den Trocknungsprozess einzuleiten. Nun wurde in dieser Zeit einem gewissen Ordnungswahn gefrönt, der heute nicht mehr ganz so verbreitet ist. Selbst Bettwäsche hatte glatt und faltenfrei zu sein, so dass nach dem Trocknen die Wäschemangel angesagt war. Auch hier musste Frau sich anmelden und um einen Termin bitten, damit es nicht zu Überschneidungen kam. Zudem waren Wäschemangeln kleine selbstständige Unternehmen - ja, die gab es im Sozialismus auch -, die gegen entsprechende Gebühr ihr Equipment zur Verfügung stellten.

Weihnachtszeit - Stollenzeit

Zur vorweihnachtlichen Zeit gehörte, so würde es heute formuliert werden, ein gewisser Stress. Der entstand meist im Zusammenhang mit dem Backen von Christstollen. Wenn es sich nur um einen einzigen oder um zwei Stollen gehandelt hätte, wäre alles kein Problem gewesen, aber es ging um größere Stückzahlen. So zwischen fünfzehn und zwanzig größere Gebäckexemplare mussten es schon sein. Die Stollen waren beliebte Geschenke, vor allem an die westliche Lieferantenverwandtschaft, die meist für die Zutaten sorgen musste, denn Zitronat oder Orangeat sowie Rosinen waren Mangelware im Sozialismus. Aber ein Weihnachtsfest ohne Christstollen ist in Sachsen unvorstellbar, so wie die Schwaben nicht ohne Maultaschen oder Spätzle auskommen. Es mussten rechtzeitig die entsprechenden Mengenangaben er- und den westlichen Lieferanten übermittelt werden. Häufig wurden noch andere Backwaren aus dem Konsumland West, in dem es die Zutaten problemlos gab, den ostdeutschen Backwarenproduzenten übersendet. Kokosraspeln, Oblaten, Schokolade, geriebene Haselnüsse und Mandelkerne, eben alles, was man für eine Weihnachtsbäckerei so braucht und was die DDR-Läden nicht bieten konnten.

Wenn dann die Zutaten im Westpaket eintrafen, mussten die Bestände aufgelistet und mit den entsprechenden Mengen Mehl, Zucker, Fett (meist Butter), Eiern usw. für den großen Backtag ergänzt werden. Dazu musste man sich einen Termin bei der Bäckerei seines Vertrauens geben lassen, denn das zu backende

Volumen übertraf kapazitätsmäßig den Backofen der meisten Haushalte und hätte zu einer tagelangen Anstrengung der gestressten Hausfrau geführt, mit nicht absehbaren Folgen für das Fest der Liebe. Der Backtermin rückte immer näher, die Anspannung stieg, obwohl die Erfahrung, dass alles sich zum Guten wenden würde, ausreichend vorhanden war.

Am Tag des Backens wurden alle Zutaten frühmorgens in die nachbarschaftliche Bäckerei geschleppt, damit der Bäckermeister sein Werk vollbringen konnte. Der kippte die mitgebrachten und berechneten Zutaten in seinen großen Rühr- und Knettopf, um den gut riechenden Stollenteig entsprechend durchzumengen. Wenn dies geschehen war, nahm er sich entsprechende Portionen, richtete diese als Stollen her, versah sie mit einer Markierung aus Metall und legte sie auf große Bleche, auf denen mehrere Exemplare Platz fanden. Den Backvorgang selbst musste man nicht begleiten. Man bekam eine Zeitangabe, wann man seine Stollen abholen konnte. Das Schöne an diesem Backtag waren nicht die vielen Christstollen, sondern aus dem Restteig wurde ein flacher Kuchen gebacken, der mit Butter eingepinselt und mit Zucker- und Zimtmischung nach dem Backen verfeinert wurde. Das war ein Genuss, der eine gewisse Belohnung für die Schlepperei der Backwaren darstellte. Denn die fertigen Stollen mussten beim Bäcker abgeholt werden. Zu Hause angekommen wurde jeder einzelne Christkuchen mit Butter eingepinselt und mit Puderzucker bestreut, damit er aussah wie ein kleiner schneebedeckter Berg. Hinterher wurden die Stollen meist in Papier eingeschlagen, in Schuhkartons verstaut und auf dem Kleiderschrank meiner Großeltern gelagert, um sie bei passender und unpassender Gelegenheit kredenzen zu können. Die umfängliche Verpackung war von Nöten, weil der Stollen länger, manchmal bis Ostern, halten sollte.

Limo, Bonbons und Eierlikör

In der DDR gab es nicht alles zu kaufen. Vor allem keine Essiglimonade und keine handgegossenen Bonbons. So stellten wir in den 50er und 60er Jahren diese Dinge selbst her. Limonade, die natürlich wie richtige Limo Perlen musste, wurde leicht selbst gemacht. Als Zutaten nahmen wir Zucker, Essig, Wasser und Natron, dass mein Großvater aufgrund seiner Magenprobleme immer vorrätig hatte, und mischten alles zu einer Essig-Zucker-Limonade zusammen, so wie sie unseren geschmacklichen Vorstellungen entsprach. Manchmal nahmen wir etwas mehr Essig oder etwas mehr Zucker, je nach Gusto. Natürlich war das alles kein Vergleich zur Fassbrause, unserem Lieblingsgetränk, das man in verschiedenen Fruchtgeschmacksrichtungen kaufen konnte: Himbeere oder Waldmeister war eine wichtige Entscheidung. Man konnte sie Halbliterweise im mitgebrachten Gefäß im Laden an der Ecke oder in den Kneipen bzw. Gaststätten des Wohnquartiers kaufen. Meist durfte ich die köstliche Fassbrause genießen, wenn meinem Großvater nach Bier gelüstete, was allerdings nicht sehr häufig vorkam. Mit einer größeren Glasflasche mit Porzellanschnappverschluss und meinem Plaste- und Elaste-Eimerchen mit Deckel suchte ich eine der Quartierkneipen auf und durfte beide Krüge füllen lassen. Meist flossen eineinhalb Liter in jedes der beiden Gefäße, die ich dann zügig nach Hause trug, um mich der Brause zu widmen. Obwohl sie häufig den Geschmack der Holzfässer annahm, aus denen sie gezapft wurde, war sie doch eines der köstlichsten Getränke der Kindheit. Eine schwächere Alternative war das Brausepulver, das es heute noch käuflich zu erwerben gibt. Man konnte es sich entweder direkt auf den Handteller kippen, es ablecken bis es schäumte, oder in einem Glas mit kaltem Leitungswasser aufgießen, damit es wenigstens kurz sprudelte.

Ein gewisses Gourmet-Getränk war sicherlich Malzbier, das, wenn es gut gekühlt war, lecker die Kehle hinunter lief und eigentlich nie hätte enden dürfen, so gut war dieser süßlich-malzige Geschmack. Aber das braune Bier blieb besonderen Anlässen vorbehalten. Beispielsweise, wenn ich abends alleine zuhause bleiben sollte, dann konnte der Erwachsenenwelt ein Fläschen Braunbier abgerungen werden. Sozusagen als Schweige- oder Ruhegeld. Denn sonst malte ich verschiedene Horrorszenarien aus, die möglicherweise eintreten könnten, wenn die haftenden Aufsichtspersonen sich fernab des gemeinsamen Wohndomizils einen besonders vergnüglichen Abend bereiten wollten. Meist gelang das kleine, gut vorgetragene Schauspiel und das Bier floss in Strömen, nebst Mettwurstbrötchen, dem zweiten errungenen Ablass, für meine Friedfertigkeit.

Süßigkeiten konnte man kaufen oder selbst herstellen. Natürlich nicht alle Süßigkeiten, Schokolade z.B. wurde nicht selbst hergestellt, gab es aber meist auch nicht zu kaufen. Kakaobohnen waren auf dem Weltmarkt für die DDR zu teuer. Da wir aber öfters Süßigkeiten brauchten als Geld vorhanden war, stellten wir, beispielsweise bevor es ins Schwimmbad ging, unsere eigenen Bonbons her. Dazu benötigten wir Fettiges, d.h. meist Butter oder Margarine und viel Zucker. Beides wurde in der Pfanne erhitzt, geschmolzen und karamellisiert. Dabei musste höllisch aufgepasst werden, dass die ganze Schmiere nicht verbrannte. Das ein oder andere Mal sahen unsere Karamellbonbons doch sehr dunkel aus. Nach Fertigstellung der Bonbonmasse wurde sie Portionsweise auf einen Teller gegossen und gewartet bis alles sich abkühlte und fest wurde. Die ausgehärteten Klumpen kamen in eine Packpapiertüte und schon ging es mit der klebrigen Masse im Gepäck ab ins Schwimmbad. Durch Sonnenbestrahlung klebten unsere Bonbons häufig wieder zusammen und mussten vor dem Verzehr Bruchstückhaft geteilt werden.

Unsere ersten alkoholischen Erfahrungen machten wir mit selbst hergestelltem Eierlikör. Die Herstellung war geheime Kommandosache, sonst hätte Schelte oder Schlimmeres aus der Erwachsenenwelt gedroht. Der mafiösen Geheimproduktion während der amerikanischen Prohibitionszeit nicht unähnlich mussten wir auf günstige Produktionsbedingungen warten. Da ich über die Produktionsmittel verfügte - der elektrische Mixer meiner Großmutter produzierte zügig und zuverlässig, leistet hervorragende Dienste, fand die Herstellung des alkoholischen Getränks mit süßer Note in der Wohnung meiner Großeltern statt. Voraussetzung war die Außerhäusigkeit meiner Großeltern. Einen Termin zu finden war nicht schwierig, weil beide berufstätig, d.h. zu den Werktätigen zählten. Mein Großvater war bei der Reichsbahn, so hieß sie in der DDR, im Gesundheitswesen aktiv, und meine Großmutter als Verkäuferin in einem privaten, auch das gab es in der DDR, nahe unserer Wohnung liegenden Kolonialwarenladen. Dieser Arbeitsplatz meiner Großmutter beinhaltete ein gewisses Risiko, da sie jederzeit auf einen Sprung vorbeischauen konnte und damit unsere Herstellung gefährden. Die Arbeit der Alkoholherstellung war mit einem gewissen Nervenkitzel versehen, da meine Großmutter, um im Bild der amerikanischen Prohibition zu bleiben, so zu einer Art Eliot Ness, dem American Prohibition Agent hätte werden können, der die Drogenhöhle mit seinen The Untouchables zerschlägt. Aber zurück zur sozialistischen Produktion des Eierlikörs. Kaffeesahne als Basisprodukt wurde mit Eigelb, Puderzucker und hochprozentigem Alkohol gemixt und in Flaschen abgefüllt. Dann war der Eierlikör VEB-Eigenproduktion Made in GDR fertig und konnte verköstigt werden. Da der Likör sehr sensibel war, zumindest was die Haltbarkeit betraf, wurde er hauptsächlich erst im Dezember hergestellt, damit er dann zur „Jahresendfeier", so hieß Silvester in der DDR, zügig verköstigt werden konnte. So wurde von uns zwölf-dreizehnjährigen Rotzlöffeln, am Wissen der Erwachsenen vorbei, die eine oder andere Likörbuddel geleert. Dies führte in der jeweiligen Silvesternacht und dem anbrechenden jungfräulichen Jahr zu verschiedenen Übelkeiten und Katerstimmungen, die, gegenüber den Erziehungsberechtigten erklärungsbedürftig, zu Lügengeschichten führten, bei denen selbst der Baron Münchhausen, ein ganz großer der Lügenzunft, stark errötet wäre. Dem einen oder anderen Schulfreund - inklusive ich selbst - der zur Alkoholmafia zählte, war so kotzübel, dass meist dem Alkoholgenuss abgeschworen wurde, zumindest bis zum nächsten Anlass, spätestens aber, wenn ein neues Jahr drohte. Es gab nicht häufig Gelegenheiten bei denen uns so richtig schlecht wurde. Außer vielleicht beim Rauchen, was auch am Paffstoff lag.

Bunte Abwechslung

A ufhellung erlebte der DDR-Alltag durch verschiedene Ereignisse und Aktivitäten. Ein wichtiger Termin für mich und meine Schulfreunde war die jährlich wiederkehrende Leipziger Messe mit ihrem internationalen Flair. Mit einem Tagesticket konnte man auf dem gesamten Messegelände, zu dem auch Gebäude im Zentrum der Stadt zählten, von Stand zu Stand ziehen und selbst die uninteressantesten Dinge bestaunen, nur weil sie alltagsfremd und häufig bunt waren. Wir sammelten alles, was uns so in die Hände fiel. Selbst leergetrunkene Schnapsflaschen der westlichen Standbetreiber fanden wir faszinierend, weil sie aus einer fernen und exotischen Welt stammten. Campari-, Courvoisier-, Pernod- oder Scharlachberg-Meisterbrand-Flaschen verschwanden in unseren mitgebrachten Tüten, die meist auch mit allerlei nutzlosem Prospektmaterial und anderem Tand einer sonst unerreichbaren Welt gefüllt wurden. Selbst Anstecknadeln vom sowjetischen Bruderstaat, der umfangreich vertreten war, fanden unser Interesse, weil glitzernd und anders. Man konnte uns, wie einst bei der Eroberung der Welt den Eingeborenen mit Minderwertigem als Gastgeschenken die Zuneigung abgekauft werden sollte, mit fast allem Überflüssigen glücklich machen. Stolz zogen wir nach einem langen Messetag Bilanz, verglichen unsere „Beute" und staunten über viele Dinge, die wir nicht kannten. Wenn einer von uns ein besonders schönes Exemplar einer Flasche oder eines Messeprospektes ergattert hatte, dann schauten die anderen auch etwas neidisch auf das unglaubliche Objekt und überlegten, dass man beim nächsten Messebesuch anders an die Sache rangehen musste: forscher und kecker „Beute machen" war die Devise. Man durfte nicht schüchtern sein beim Sammeln und Jagen, musste auch mal aktiv anfragen, ob man dies oder jenes mitnehmen durfte, denn klauen wollten wir natürlich nichts. So bleiben mir diese Messetage als insgesamt glückliche Kindertage in Erinnerung, obwohl der „Müll", den wir damals zusammentrugen, längst den Weg alles Irdischen gegangen ist.

Ein weiterer Farbtupfer waren die Intershop-Läden, die die DDR einrichtete, um westliche Devisen, die sie dringend für den Erhalt ihrer Volkswirtschaft benötigte, zu erhalten. Jeder, der an Dollars, Francs oder hauptsächlich Westmark herankam, war in der glücklichen Lage, sich mit besonderen Konsumgütern aus der westlichen Hemisphäre zu versorgen. Diese Läden, die häufig im Zusammenhang mit Hotels, in denen der Gast aus den Staaten westlich der DDR abstieg, eingerichtet wurden, waren für uns, denen das Graue zur wichtigsten Hauptfarbe geworden war, das farbige Paradies. Ich erinnere mich an Kaffeegläser von Maxwell, die einen derart wunderschönen roten Deckel hatten, dass es als freudiges Ereignis empfunden wurde. Aber auch Zigarettenstangen, Zahncreme, andere Kaffee- und Parfümverpackungen faszinierten den Ostler. Im Rahmen verschiedener Tauschaktionen gelang es mir, verschiedene Kleingeldmünzen zusammenzutragen, die eines Tages ausreichten, um mir mit großem Stolz eine Schachtel HB-Zigaretten damit kaufen zu können. Ich legte meine Fünfzig-, Zehn-, und Fünfpfennigstücke auf die Ladentheke und erbat mir den farbigen Zigarettentraum, was das freundliche Verkaufspersonal - das in der DDR nicht die Regel war - auch prompt erledigte. Stolz zog ich mit meiner Zigarettenschachtel davon, um sie per Straßenbahn nach Hause zu transportieren.

Großes Interesse erregte auch die familiäre Zuwendung meiner Eltern und weiterer Verwandten aus dem Westen in Form von Paketen, die nicht alle bei uns ankamen. Manche wurden auch von den Grenz- und Zollorganen geöffnet, so dass hin und wieder ein durchwühltes und beschädigtes Päckchen oder Paket auf dem Wohnzimmertisch meiner Großeltern landete. Trotzdem war die Freude meist groß, wenn die westdeutsche Warenwelt auf dem Tisch ausgebreitet wurde. Überwiegend handelte es sich um Bohnenkaffee, der den sogenannten „Muckefuck", der Alltagsgetränk war, am Wochenende oder bei besonderen Anlässen wie Geburtstagen, Hochzeiten oder „Jugendweihe", ablöste. Meine Großmutter benutzte „Westkaffee" auch, um die Haushaltskasse aufzubessern. Denn es gab besser Verdienende als meine Großeltern, die nicht über entsprechende Westkontakte verfügten, aber ganz gern auch mal einen ordentlichen Kaffee trinken wollten. Diese kauften dann mit viel DDR-Geld die braunen Bohnen von meiner Großmutter, so dass beide mit dem Geschäft sehr zufrieden waren. Freudig wurde auch die Schokolade ausgepackt und immer mal wieder in kleinen Dosen mir zugeteilt, so dass ich in der meist schokoladenlosen DDR nicht ewig auf diese Leckerei verzichten musste. Auch Kleidung traf mit diesen Paketen ein, die den eigenen Status erhöhten. Westjeans waren unter meinen Klassenkollegen sehr begehrt und so war ich stolz wie Bolle, als ich mit meiner ersten Levis-Jeans vor die Haustüre treten konnte.

Kinobesuche bedeuteten immer Abwechslung und waren überaus günstig, weil subventioniert. Häufig kamen die Filme schwarz-weiß in unsere „Flohkiste", wie das kleine Quartierkino im Volksmund genannt wurde. Sehr begehrt waren hauptsächlich westliche Filme, die allerdings äußerst selten vorgeführt wurden. So gab es z.B. den französischen Film „Die Elenden" nach dem Roman von Viktor Hugo mit Jean Gabin in der Hauptrolle. Da ich gerade 12 Lenze zählte, hatte ich Pech, weil er erst für 14-Jährige zugelassen war. Die DDR konnte ungerecht sein, denn die strenge Kartenverkäuferin nahm mir das vorgeschriebene Alter nicht ab. Ich drückte mir filmlos die Nase an den Schaukästen des Kinos platt. An den ausgehängten Bildern konnte ich die Altersentscheidung nicht nachvollziehen. Wahrscheinlich wurde einem der Zugang wegen einer harmlosen Liebesszene versaut.

Dafür durfte ich viele russische Filme in Schwarz-Weiß und Farbe sehen, die sich mit russischen Revolutionsgeschichten und -mythen befassten. Da kämpften die Rot- gegen die Weißgardisten, die Menschewiki gegen die Bolschewiki, dass es eine Freude war. Sie ritten und schossen aus allen Rohren. Häufig stand ein Maschinengewehr im Vordergrund, das mit seinen langen Feuersalven die heranreitenden Kosaken aus dem Glück dieser Erde, das ja bekanntlich auf dem Rücken der Pferde liegt, schossen. Hin und wieder ließ sich eine schamhafte Liebesszene verschmerzen, weil hinterher wieder Schlachtgeheul angesagt war, die Guten, die Rotgardisten, gewannen, und die Kämpfer für die Adelsmischpoke verdruckst ihre Niederlage eingestehen mussten. Das war unser Ersatz für den wilden Westen, verlegt in den wilden, wilden Osten, nach Russland. Mein schönstes Filmerlebnis der Jugendzeit war jedoch der Hollywoodstreifen „Glorreiche Sieben". Amerikanisches Kino mit Glatzkopf Yul Brynner und Charles Bronson in Cinemascope und Farbe, ein Filmereignis der Sonderklasse, um Ostherzen höher schlagen zu lassen, das hatte schon was. Und es ging den Revolverhelden nicht um ihr eigenes Wohl, sondern letztlich um Gerechtigkeit. Wie Bronson & Co. das kleine mexikanische Dorf wehrhaft machten und mit Einsatz ihres Lebens verteidigten, das war auch im sozialistischen Sinne korrekt, so dass dieser Film in den DDR-Kinos laufen durfte.

Ein Kinovergnügen der besonderen Art stellten die damals technisch neuen 70 mm-Filme dar. Um sie sinnvoll abzuspielen, bedurfte es einer riesigen Leinwand, die es in einem dafür umgebauten Großkino in unserem Nachbarviertel gab. Die Leinwand war halbrund und hatte eine gigantische Breite und Höhe. Es gab kaum Filme in diesem Format und diese Filmtechnik hat sich nicht durchgesetzt, so dass sie als kleine Episode in die Filmgeschichte eingeht. Der damalige Hauptfilm in 70 mm war „Die Schwarze Tulpe". Eine internationale Produktion mit Alain Delon in der Hauptrolle, der auf seinem Pferd im schwarzen Outfit - inklusive seiner schwarzen Maske, denn seine Feinde durften ihn bei seinen Eskapaden nicht erkennen - in gigantischem Ausmaß auf die Zuschauer zuritt, so dass mancher Aufschrei des Publikums zu hören war. Das Publikum wurde schon beim Vorfilm vorgewarnt, als Manfred Krug auf seiner MZ-Motorrad-Tour dem Zuschauer überdimensioniert und sehr direkt auf die Pelle rückte.

Weltniveau

Alle und alles sollten in der DDR Weltniveau haben. Was sollte das eigentlich sein? Weltniveau! Gemeint war natürlich die Konkurrenzfähigkeit zur Restwelt. Mithalten zu können auf allen Bereichen des gesellschaftlichen, ökonomischen und sportlichen Lebens. Dahinter verbarg sich ein Minderwertigkeitskomplex, der psychopathologische Züge annahm. Es wurde der Eindruck eines Wettkampfes der Systeme vermittelt, bei dem der Sozialismus sich ständig als das bessere profilieren wollte und musste, zumindest nicht als das schlechtere. Hatte man Weltniveau, dann gehörte man zur Spitze in der Welt. Wie peinlich diese angebliche Überlegenheit von den Heroen des SED-Staates immer wieder verbalisiert wurde, zeigen verschiedene Beispiele. Walter Ulbricht versprach, die Bundesrepublik zu überholen. Hier handelte es sich offenkundig um das Wettrennen zweier Länder mit unterschiedlichen politischen und gesellschaftlichen Systemen, bei dem wohl nur einer rannte, Walter Ulbricht, wie sich später rausstellte. Ähnlich lustig war die Ankündigung Erich Honeckers, der Spitzenforschung der DDR sei es als erste gelungen, die Computerwelt zu revolutionieren, indem sie den Einmegabitechip entwickelte. Was für ein armer Tor! Über so viel Unwissenheit konnte selbst der kapitalistische Westen nur noch schmunzeln. Natürlich erreichte die DDR auf verschiedenen Feldern „Weltniveau". Spitzenplätze in ausgewählten Sportarten waren häufig. Allerdings, wie sich im Nachhinein herausstellte, überwiegend durch ein staatstragendes Dopingsystem ermöglicht, an dessen Nachwehen Deutschland heute noch leidet, weil die alten Dopingseilschaften zwischenzeitlich in den westdeutschen Sportverbänden untergekommen sind. Unsere derzeitige Sportreporterin des Zweiten Deutschen Fernsehens, Christin Otto, mehrfache Goldmedaillengewinnerin bei Weltmeisterschaften und Olympischen Spielen, könnte sicherlich profund darüber Auskunft geben, wie sie ihr „Weltniveau" erreicht hat. Das DDR-Doping hatte auf jeden Fall Weltniveau.

Weltniveau erreichte die DDR beim Alkoholkonsum und den Selbstmordraten. Dieses interessante Phänomen, bei einer so angeblich heimeligen Gesellschaft des Zusammenhaltes und der gegenseitigen Unterstützung aufgrund von Systemanforderungen und Mangelwirtschaft, bleibt immer noch rätselhaft. Wie gesellschaftliche Konkurrenzlosigkeit sich derart in den Suff flüchtet, müsste mal genauer geklärt werden. Führte etwa die Enge des Staatsgefängnisses DDR zu Depressionen unter der Bevölkerung, mit den genannten Auswirkungen? Die ständige Einübung in eingeschüchterte Unterwerfung, in obrigkeitsstaatliche Hörigkeit und Bevormundung, die Förderung provinzieller Gedankenlosigkeit, lässt keinen Menschen von Weltniveau entstehen, sondern eher einen, wie es nach der Wende einmal formuliert wurde, der „verhunzt und verzwergt" ist, einen selbstbewusstseins- und orientierungslosen, ängstlichen Mitbürger. Der neue sozialistische Mensch, wie er im Sozialismus erträumt wurde, der sozial gerecht und fortschrittsorientiert durch Raum und Zeit schreitet, den Sozialismus zur Höchstblüte treibt, wurde durch den realexistierenden Sozialismus jedenfalls nicht geschaffen.

Die gescheiterte Flucht

Anfang September 1962 reiste mein Vater als „Messevertreter" zur Herbstmesse nach Leipzig. Man brauchte ja immer einen plausiblen Grund, um in den Arbeiter- und Bauernstaat einreisen zu können, damit man nicht unmittelbar als Spion oder Kollaborateur, das war man als Republikflüchtiger sowieso, verdächtigt oder gar verhaftet wurde. So boten sich die beiden Messetermine im Frühjahr und Herbst bei der Leipziger Mustermesse als Besuchstermin an. Am dritten September erschien mein Vater überraschend bei meinen Großeltern zu Besuch. Es gab Gesprächsbedarf, denn mein Vater wollte mich mit in den Westen nehmen.

Meine Großeltern verhehlten eine gewisse Sorge nicht, da sie mit staatlichen Repressalien rechneten, wenn die geplante Flucht nach Westdeutschland gelingen sollte. Als Fluchthelfer oder Unterstützer konnte man schnell mit dem Strafvollzug Bekanntschaft machen. So einigten sich mein Vater und seine Schwiegereltern auf einen Entführungsfall, den meine Großeltern der Polizei nach vollzogener Flucht melden sollten. Eine abstrus erdachte Konstruktion, da es sich um freiwillige Mitfahrt eines Familienmitglieds handelte, was allerdings nach dem Rechtsverständnis der DDR - seit 1957 wurde Republikflucht strafrechtlich verfolgt -, deren Staatsangehöriger ich war, als krimineller Akt gedeutet wurde. Ausreisen war jedenfalls strengstens verboten, egal welche Variante lustlose Staatsbürger auch wählten. Ob sie über Ungarn verduften wollten oder über

Nordkorea, ob sie sich mit dem Schlauchboot über die Ostsee oder mit dem Heißluftballon davon machen wollten, die Führung des Arbeiter- und Bauernstaates hatte immer etwas dagegen. Das hing nicht unmittelbar damit zusammen, dass die SED-Riege besonders an den Menschen an sich interessiert war, sondern eher an ihnen als Funktionsträger, weil sie zum Erhalt und zur Weiterführung des sozialistischen Experimentes unverzichtbar waren, denn einen erheblichen Verlust an „human capital", wie man heute sagt, hatte die sozialistische Republik im Laufe der Jahre schon hinnehmen müssen. Das Verschwinden von Fachkräften, die kein Interesse mehr am Experimentierfeld DDR verspürten, musste mit aller Macht unterbunden werden, damit das Land nicht völlig entvölkerte und funktionsuntüchtig wurde.

Seit der DDR-Staatsgründung hatten bis zum Mauerbau 1961 rund 2,7 Millionen Menschen ihre sozialistische Heimat verlassen, um sie gegen eine weniger organisierte Lebensform im Westen einzutauschen, von der sich viele bessere Chancen für ihr Leben versprachen. Etwa die Hälfte davon im Alter von unter fünfundzwanzig Jahren. So was muss doch stutzig machen! Die SED-Technokraten machte es nicht. Sie unterstellten lieber „Menschenhandel" durch imperialistische Abwerbungskräfte, „Provokationen durch den Klassengegner", der ähnlich wie Aliens, mit Lockangeboten und Verführungen die Erdenmenschen in sein Raumschiff lockt, um sie dann über den Tisch zu ziehen. Diese ganzen Republikverlasser würden schon sehen, so wurde ihnen hinterhersalbadert, was sie davon hätten. Die würden sich noch nach dem Reich der sozialen Gerechtigkeit, dem Paradies auf Erden zurücksehnen, welches allerdings nur die oberste Riege der SED in Wandlitz genoss. Später wurde, ganz der kommunistischen Übernahmetheorie entsprechend, der Sozialismus der ganzen Welt angedroht. Oder wie Honecker es ausdrückte: „Den Sozialismus in seinem Lauf, hält weder Ochs noch Esel auf." Amen. Immerhin wollten sich pro Jahr auch einige Idealisten davon überzeugen. Sie wagten den Zuzug in die DDR. Insgesamt erlebte die DDR während ihres 40-jährigen Bestehens einen Zuzug von etwa 500.000 Menschen.

Meine, d.h. unsere Flucht, sollte am 5. September über die Bühne gehen. Dafür hatte mein Vater zunächst die Idee, mich mit einem westdeutschen Personalausweis und entsprechender Kleidung auszustatten, um mich in seinem Pkw, neben sich sitzend, unbemerkt als westdeutschen Jüngling zu verkaufen und auszuführen. Einen westdeutschen Pass für einen DDR-Bewohner auszustellen, war natürlich auch in der westdeutschen Bundesrepublik verboten, was später noch zu staatsanwaltschaftlichen Ermittlungen, nicht nur gegen meinen Vater, sondern auch den hilfreichen Mitarbeiter der Kommunalverwaltung führte. Dieses Ausreisekonzept hatte etwas für sich, aber auch etwas, was dagegen sprach. Wie würde ich einer Befragung der „Grenzorgane" der DDR standhalten können, abgesehen von einem weiteren Hindernis, meinem breiten sächsischen Dialekt. So wurde Plan B realisiert, der bedeutet, dass die Rückbank im Pkw von ihrem Federkern befreit wurde, damit ich darunter Platz finden konnte. Einem damals schmächtigen dreizehnjährigen Jungen, der ich war, müsste dieses Versteck, zumindest für eine gewisse Zeit, zum Grenzübertritt reichen, so der alternative Plan.

Am Abend des 5. September, so wurde zwischen mir, meinen Großeltern und meinem Vater vereinbart, sollte ich mich an einer bestimmten Stelle in der Stadt bereithalten, damit mein Vater mich, weitgehend unbemerkt, in seinen Pkw aufnehmen konnte. Am frühen Abend verabschiedete ich mich von meinen Großeltern, die offiziell nichts davon wissen durften, damit sie später einen Entführungsfall polizeilich melden konnten. Ich fuhr mit der Straßenbahn in Richtung des vereinbarten Treffpunktes, den mein Vater kurze Zeit später mit seinem Pkw anfuhr. Ich stieg ein und es ging getreu dem späteren Motto von Erich Honecker „Vorwärts immer, rückwärts nimmer!" Richtung Zonengrenze, die wir bei Töben-Juchhö, einer Grenzübergangsstelle an den Landesgrenzen von Thüringen und Bayern, passieren wollten. Dass beide, mein Vater und ich, ein sorgenvolles und mulmiges Gefühl dabei hatten, ließ sich bei dieser Unternehmung nicht vermeiden. Während mir als Kind die Konsequenzen eines Scheiterns völlig unklar waren, muss mein Vater durch die Hölle gegangen sein. So fuhren wir Richtung Grenzübergang Töben-Juchhö, dem Grenzort, der ursprünglich mit Mödlareuth eine Einheit bildete, aber durch die Schaffung des „Grenz- und Friedenswalls", ähnlich wie Berlin, geteilt wurde.

Je näher wir der Grenze kamen, desto angespannter wurde die Situation, Gespräche gab es so gut wie keine mehr. Etwa eine halbe Stunde vor Erreichen des Grenzpostens hielt mein Vater in einem Waldstück an. Ich verließ meinen komfortablen Beifahrersitz, quetschte mich, nachdem mein Vater die Rückbank abgenommen hatte, auf mein mir zugedachtes Plätzchen. Mein Vater stülpte den Rücksitz über mich. Fast wie ein Sargdeckel rastete der Rücksitz über mir ein und es herrschte völlige Dunkelheit. Nun konnte der schwierigste Teil der Reise beginnen. Mein Vater, den ich unter dem Rücksitz gut verstehen konnte, berichtete mir über äußere Veränderungen und instruierte mich, wann ich völlig ruhig zu sein hatte, mich nicht mehr bewegen sollte.

Die Grenzanlagen, zumindest die Grenzübergänge für den Autoverkehr, waren in der Regel dreigeteilt, d.h. es gab eine erste Vorgrenze, eine Hauptgrenze und eine dritte Schlussgrenze. Durch die Einführung solcher Pufferzonen konnten gewaltsame Grenzdurchbrüche gut vereitelt werden. Denn sollte jemand den ersten Grenzabschnitt gewaltsam durchbrechen, ließen sich die Hauptgrenzanlage und der dritte Grenzposten zügig in Alarmbereitschaft versetzen, um einer plumpen Republikflucht ein jähes Ende zu bereiten. Man hatte bei der Erschaffung der „Friedensgrenze" an alles gedacht.

Wir näherten uns dem ersten Grenzposten, und mein Vater teilte mir mit, dass jetzt absolute Stille, ja Totenruhe angesagt war. Der Wagen wurde langsamer, rollte aus, bis er hielt. Ich hörte, dass nach den Papieren verlangt wurde, die mein Vater aus dem Wagen reichte. Nach relativ kurzer Zeit wurden die Papiere wieder zurückgegeben, eine gute Reise gewünscht und der Schlagbaum geöffnet. Die erste Hürde war übersprungen, was mein Vater mir kurze Zeit später mitteilte. Nun stand der zweite, höhere Sprung, an. Die Anspannung stieg. Es dauerte eine Weile, bis wir den Hauptgrenzposten von Töben erreichten.

Zunächst das identische Ritual. Übergabe der Papiere. Das diesmal erheblich länger dauernde Prüfen der Dokumente. Plötzlich, so schien es mir in meinem „Verlies" - ich konnte ja nur hören, nichts sehen - kam draußen, außerhalb des Wagens, größere Unruhe durch mehr Grenzpersonal auf. Mein Vater wurde nun aufgefordert, sein Auto zu verlassen, was er tat. Er wurde aufgefordert, den Autoschlüssel aus dem Lenkradschloss zu ziehen und mitzukommen. Dieser Maßnahme wollte er nicht zustimmen, denn vom Fahrzeug, in dem sein Kind unter der Rückbank lag, wollte er sich nicht entfernen. Nun wurde das Ganze tumultartig und zu einem Handgemenge. Da alles außerhalb des Wagens passierte, hörte ich nur Wortfetzen und Geschrei. Mein Vater schrie auf, weil man ihm den Autoschlüssel entreißen wollte, ihm dabei, wie ich später erfuhr, den Daumen ausgekugelt hatte. Ich hörte den Satz: „Habt ihr den Jungen". Kurze Zeit später wurde an meiner Rückbank gerüttelt, sie weggerissen und ich blickte in die Gesichter von mehreren Grenzwächtern mit Maschinenpistolen. Ich war wohl etwas benommen, leicht steif, und wurde aus der Dunkelheit in das Kunstlicht der Grenzstation gerissen. Mein Vater lag mit dem Oberkörper und dem Gesicht auf der Motorhaube, bewacht von zwei „Friedensengeln" der DDR. Kurz darauf wurde er abgeführt und ich sah ihn erst später bei seinem Prozess und bei der Beerdigung seiner Mutter, meiner Großmutter wieder, die ebenfalls in der DDR lebte und während seiner Haftstrafe verstarb. Bei beiden Begegnungen kam es nur zu einer kurzen Kontaktaufnahme, da die Bewacher meines Vaters nicht mehr zuließen.

Ich wurde, nachdem ich aus meinem Versteck hervorgeholt worden war, vom Tatort weggebracht und in die Obhut zweier älterer Frauen gegeben, die wohl irgendwie zum Roten Kreuz gehörten. Zumindest betraten wir eine Art Grenzbaracke, die sich mit dem Roten Kreuz schmückte. Dort bekam ich Verpflegung und durfte die Nacht in zwei provisorisch zur Bettstätte zusammengeschobenen Sesseln verbringen. Am nächsten Tag dauerte es bis in den späten Vormittag, bis mich zwei Männer in ziviler Kleidung abholten und im Pkw nach Leipzig brachten. Dort angekommen, fuhren wir durch ein großes Tor, welches für uns geöffnet wurde, in den Innenhof der Staatssicherheitsbehörde - volkstümlich „die Stasi", oder „VEB Horch, Guck und Greif" genannt, die zum Ministerium für Staatssicherheit (MfS) gehörte. Deren oberster Chef war Erich Mielke, der wie mittlerweile bekannt es tatsächliche geschafft hatte, sein Volk zu Spitzeldienern umzuerziehen. Im Jahr 1989 hatte diese „Behörde" 264.000 Mitarbeiter, d.h. bei durchschnittlich rund 17 Mio. Einwohnern, kam auf 64 DDR-Bürger ein Spitzel. Davon machten es 91.000 hauptberuflich und 173.000 hatten Schnüffeln zu ihrem Hobby gemacht, die sogenannten inoffiziellen Mitarbeiter (IM), mit Decknamen wie „Alf" oder „Super". Der berühmteste Deckname war „Hansen" für Günter Guillaumes, einem engen Vertrauten des damaligen Bundeskanzlers Willy Brandt, der nach dessen Enttarnung über diese Spitzelaffäre strauchelte. Guillaumes gehörte zu den 20.000 bis 30.000 IM, die in der Bundesrepublik als Freizeitbeschäftigung „Spitzeln für die DDR" ausübten. Der oberste Anleiter für das Spitzel- und Zensurwesen in der DDR, der Minister für Staatssicherheit Erich Mielke, der seit 1957 dieses Amt inne hatte, frönte in seiner Freizeit dem Dynamo-Sport. In dieser Sportwelt hatten sämtliche den Sicherheitsorganen zugehörigen Personen ein Mitgliedsrecht, während die Angehörigen der Nationalen Volksarmee (NVA), die es seit 1956 gab, zu den Armee Sportklubs (ASK) gehörten mit dem schönen Beinamen „Vorwärts". Wahrscheinlich war Honecker heimlich „Vorwärts-Fan", denn wie sagte er doch anlässlich einer Parteitagsrede: „Vorwärts immer...".

Nach dem Aussteigen wurde ich in eine Art Zelle gebracht, in der ich auf mein Verhör oder Befragung wartete. Die Zeit des Wartens schien mir damals als Zwölfjährigen lang. Aber vermutlich musste ich nicht länger als eine Stunde warten, wurde dann in einen anderen Raum gebracht, der kärglich mit einem Schreibtisch und zwei Stühlen möbliert war. Hinter dem Tisch saß ein nichtuniformierter Mann, und davor musste ich Platz nehmen. Über den Einzelheiten der „Befragung" liegt ein gewisser Erinnerungsnebel, der bei mir nur noch fragmentarisches Wissen zulässt. Es wurde natürlich danach gefragt, wie das alles geplant gewesen sei und ob meine Großeltern darin verwickelt waren und sie es nicht hätten verhindern können. Mir ist nur noch schemenhaft in Erinnerung, dass ich mich an die mit allen daran Beteiligten abgesprochene Variante gehalten habe, dass nur mein Vater und ich diese Flucht geplant hatten und er mich „freiwillig entführt" hat. Aufgrund meiner Mittäterschaft, so wurde mir angedroht, müsste ich wohl in ein Jugendheim eingewiesen werden. Ich sollte also die Wahrheit sagen, damit nicht alles noch schlimmer würde. Ansonsten gab es keine Drohgebärden. Nach drei bis vier Stunden dieser „Befragung" verließ mein „Gesprächspartner" den Raum, um nach kurzer Zeit zurückzukehren und mir folgendes mitzuteilen: Es würde Nachsicht mit mir geübt und ich könne wieder in mein normales Lebensumfeld, zu Großeltern und Schule zurückkehren. Danach wurde ich von zwei Mitarbeitern für Staatssicherheit (MfS) abgeholt und die Fahrt ging zügig nach Hause. Am Wohnhaus meiner Großeltern stoppte der Wagen, meine Großeltern wurden heraus gebeten und ich ihnen nach einer Belehrung übergeben. Dann verschwanden die beiden Männer in ihrem Pkw, so unauffällig und zügig wie wir gekommen waren. Nun stand ich wieder an dem Ort, von dem aus ich am Vortag zum Fluchtversuch aufgebrochen war. Ich war noch einmal mit einem „blauen Auge" davongekommen.

Dies konnte man von meinem Vater nicht behaupten, der in einem „Entführungsprozess" zu einer zehnmonatigen Haftstrafe verurteilt wurde, die ihm gesundheitlich erheblich zusetzte. Nach Verbüßung seiner Strafe wurde er in die Bundesrepublik Deutschland abgeschoben.

Die Tatsache, dass bei unserer Festnahme, bevor ich entdeckt wurde, der Satz fiel: „Habt ihr den Jungen!", macht mich heute noch stutzig. Darüber, wie das möglich war, wurde in unserer Familie natürlich schon früher gerätselt und spekuliert. Es muss irgendwo einen Menschen gegeben haben, der diese Aktion verraten hat. Trotz Akteneinsicht in der „Gauck-Behörde", die damals nach ihrem ersten Amtsleiter so genannt wurde, dessen richtige Bezeichnung „Bundesbeauftragter für die Unterlagen des Staatsicherheitsdienstes der ehemaligen DDR" (BStU) war, ließ sich der Verratsverdacht nach der Vereinigung Deutschlands nicht erhärten. In den Akten waren u.a. zu viele schwarze Striche, als dass der damalige „Maulwurf" sichtbar geworden wäre. Es gab jedenfalls einige Personen, die für diesen schäbigen Akt in Frage kamen.

Am 19. Februar 1962, vierzehn Tage nach unserer Flucht, wurde in Berlin an der Mauer zwischen Pankow und Reinickendorf eine junge Frau, Dorit Schmiel, bei einem Fluchtversuch erschossen. Eine Gruppe junger Menschen, die von Ost- nach Westberlin die Mauer überwinden wollten, scheiterten mit ihrem Vorhaben. Dorit Schmiel, einundzwanzigjährig, bezahlte diese Flucht mit ihrem Leben, nachdem die Grenzposten mit Feuersalven wie bei einer Hasenjagd auf sie geschossen hatten. Sie verblutete, durch einen Bauchschuss schwer verletzt, zwischen Todesstreifen und Krankenhaus, da die Hilfsmaßnahmen, ihr Leben zu retten, nur zögerlich anliefen.

Zu den Verhaltensregeln für DDR-Grenzposten haben sich sowohl Erich Honecker, der maßgeblich für den Mauerbau verantwortlich war, als auch Erich Mielke klar und eindeutig geäußert: „Es sind die Genossen, die die Schusswaffe erfolgreich angewandt haben, zu belobigen". Soweit Genosse Honecker. Und Erich Mielke: „...wenn man schon schießt, dann muss man dat so machen, dass nich der Betreffende noch bei wegkommt, sondern dann muss er eben dableiben bei uns ...". Beides trat bei Dorit Schmiel ein. Sie blieb da, und ihre

Mörder wurden, so dass Protokoll zum Zwischenfall an der Berliner Mauer, zur Belobigung vorgeschlagen. Nach der deutschen Vereinigung erhielten die damaligen „Friedenswächter", die für die Tötung und Gefangennahme der jungen Ostberliner verantwortlich waren, Bewährungsstrafen.

So dramatisch und tödlich endeten viele Fluchtversuche. Je nach Zählweise, die Zahlen bleiben umstritten, sind zwischen 125 und 206 Maueropfer zu beklagen. Jedes dieser Opfer war sinnlos. Das Ministerium für Staatssicherheit, das martialisch „Schild und Schwert der Partei" genannt wurde, war zudem verantwortlich für die Vollstreckung von 164 Todesurteilen, da die Todesstrafe in der DDR erst 1987 abgeschafft wurde. So wurden Ermorden, Bespitzeln, Unterdrücken, Zensur ausüben zu anerkannten Geschäftsaufgaben dieses „Volkseigenen Betriebes".

Die Hauptverantwortlichen für all diese menschenverachtenden Taten, Honecker und Mielke, erlebten nach dem Zusammenbruch der DDR unterschiedliche Bestrafungen. Ersterer musste über Moskau ins chilenische Exil, wo er im Jahr 2000 verstarb, letzterer machte mit einer Institution Bekanntschaft, die er selbst für politisch Unwillige häufig vorsah, mit dem Gefängnis, das ihm jedoch nach einigen Jahren krankheits- und altershalber, also aus humanitären Gründen, erlassen wurde. Er starb im Jahr 2003 in einem Berliner Pflegeheim. „Den Sozialismus in seinem Lauf halten weder Ochs noch Esel auf." Beide, Ochs und Esel, hatten den Realsozialismus à la DDR mit an die sprichwörtliche Wand gefahren. 1989 wurde ihr erstarrtes und ökonomisch ruiniertes Unrechtssystem vom eigenen Volk aufgehalten, fand auch in den „Bruderstaaten" keinen Rückhalt mehr. Ihre glühenden Apologeten verschwanden weitgehend aus dem öffentlichen Leben oder änderten als „Wendehälse" getarnt nahtlos ihre Identitäten.

Unser unblutiger Fluchtversuch zu Beginn und mein späterer Umzug von Ost nach West Mitte der sechziger Jahre fiel in die Epoche der eiskalten „Eiszeit" zwischen den politischen Blöcken. Bei meiner Ausreise aus dem Arbeiter- und Bauernstaat wurde eine praxisorientierte Politik sichtbar, die problemlösend gewisse Verhandlungsspielräume möglich machte. Doch der „Schießbefehl" an der DDR-Grenze, der seit 1960 für die Demarkationslinie zwischen den beiden deutschen Staaten angeordnet wurde, blieb erhalten. Er hatte bis zum Zusammenbruch des DDR-Regimes Bestand. Noch Anfang 1989 starben Menschen an der sogenannten „Friedensgrenze". Die Grenze war ein ständiges Bauprojekt. 870 Kilometer Grenzzaun wurden angelegt und rund 450 Wachtürme sicherten das Experiment „Sozialismus auf deutschem Boden". Neben dem Schießbefehl wurde der „Todesstreifen" mit Selbstschussanlagen und Minenfeldern „sicher" gemacht.

Mein Weststart

Auferstanden aus Ruinen ..., und nun „Einigkeit und Recht und Freiheit ...", wie die westdeutsche Nationalhymne schon damals intoniert werden sollte. Merkwürdig war dieser innerdeutsche Umzug schon. Das Zurechtfinden im durchschnittlichen Westalltag fiel altersbedingt schnell leicht, sprachlich wurde es komplizierter - sächsisch-badische Verständnisschwierigkeiten. Dazu Umstellung von Ostgroßstadt, aus der ich kam, auf Westprovinz. Dies gelang nicht ohne Anpassungsschwierigkeiten. Keine Straßenbahnen, dafür mehr Sechziger-Jahre-Individualverkehr, keine historisch wichtigen und großen Gebäude, dafür kleinstädtisches Ambiente mit altem Dorfkern. Keine breiten Straßen und große Parks, dafür Stadtgarten und Gässchen. Allerdings fielen Flaschensammeln für den Frieden, Ackerbau und Viehzucht für die LPG, Straßenbau für die Messestadt und Luftgewehrschießen sowie Handgranatenweitwurf für die Verteidigung der Heimat als „Freizeitvergnügen" weg.

Was schwerer wog als der Verlust des Großstädtischen, war der Verlust an Sozialem. Freunde und Bekannte hatten ja den Umzug nicht mit vollzogen, so dass zwar weiterhin postalischer Austausch zur alten „Wirkungsstätte" bestand, der aber den täglichen, den unmittelbaren Sozialkontakt nicht ersetzte. Zudem lebten wir damals in Deutschland in zwei verschiedenen Welten. So blieben zunächst nur meine Eltern als regelmäßige Bezugspersonen. Die waren natürlich glücklich und stolz über meinen Zuzug. Nun konnten sie endlich den bereits sechszehnjährigen Nachwuchs präsentieren, von dem ja bisher nur Fotos vorzuzeigen waren.

Meine Einführung in die neue soziale Umgebung wurde durch diverse Antrittsbesuche geprägt. Mir schien es so, als wenn ich eine Vorstellungsrunde durch die ganze Stadt machen musste, und interessiert am Exotischen, nahmen mich viele Menschen in Augenschein. „Das ist er nun, der arme Junge, der solange der Barbarei ausgesetzt war", konnte man in ihren Gesichtern lesen. „Na, wie lange bist Du denn schon hier, im Westen?", „Jetzt bist Du aber froh, was?" und „Wie gefällt es Dir"? waren die Standardfragen, die ich während meiner „Antrittstournee" durch die Kleinstadt im Süden, bei Behörden, bei Einkäufen bei Groß- und Kleinhändlern, bei Arbeitskollegen und Freunden meiner Eltern, in Banken, bei Spaziergängen und Ausflügen über mich ergehen lassen musste und die ich stets schüchtern, brav und meist freundlich beantwortete. „Mir gefällt es hier sehr gut, endlich bei meinen Eltern und seit Januar bin ich hier." So lautete in etwa die Standardantwort. Mehr wurde meistens auch nicht abverlangt, das Interesse am Ostjüngling ließ schnell nach.

Meine Anpassungsphase lief gemächlich an. Schule, weil mitten im Schuljahr, stand nicht auf dem täglichen Stundenplan. Eher Erkundungen in der unmittelbaren Nähe, Hilfe bei Besorgungen und am Wochenende Ausflüge mit den Eltern. Nach ein paar Wochen gab es ein Angebot im einzigen Kaufhaus der Stadt, in der Lebensmittelabteilung als Aushilfe zu arbeiten. Dieses Angebot nahm ich gern an, ermöglichte es mir doch, Geld, „Westgeld", zu verdienen und die Zeit etwas anders zu nutzen. So begann ich an einem Montag in der Gemüseabteilung eines süddeutschen Kaufhauses mein westdeutsches Arbeitsleben. Ausgestattet mit Stempelkarte und weißem Verkäufermantel begann die Tätigkeit recht früh, weil ankommende Ware vor Geschäftsöffnung entladen werden und in der Gemüseabteilung die verderbliche Ware aus dem Kühlraum auf die Auslagentische geräumt werden musste. Ich gewöhnte mich schnell ein, da ich kopfrechenmäßig nicht völlig ungeschickt, die gewogene Ware und den dazugehörigen Preis zügig ermitteln konnte. Als Hauptproblem erwies sich nur das ständige Stehen. Wer von den Kunden will schon erleben, dass das Verkaufspersonal auf Sesseln rumflätzt und sich bei Annäherung der Kundschaft gelangweilt und böse blickend aus selbigem herausschält. Da waren freundlich stehende Männer und Frauen in weißen Mänteln, die eiligen Schrittes der verehrten Kundin und dem Herrn Kunden entgegeneilten und ihnen den Gemüse- oder Obstwunsch von den Lippen ablasen, eine andere Augenweide: „150 Gramm Pfifferlinge". „Sehr wohl, die Dame, darfs noch etwas sein?" „Eine Salatgurke". „Ja, bitte gern. Den Preis für die Pilze hab ich extra auf die Tüte geschrieben. Vielen Dank für ihren Einkauf." Ich lernte schnell. Das war Verkaufskultur West! Nicht so wie im Osten, wo die HO-Verkäuferinnen einen Gesichtsausdruck hatten, der auf einen Todesfall in der Familie oder schwere Migräne schließen ließ. Abgesehen davon gab es in den HO-Geschäften vergleichsweise weniger zu verkaufen als in meinem westdeutschen Konsumtempel. Dies war wahrscheinlich der Grund, weshalb immer schlechte Laune vorherrschte. Oder lag es daran, dass der sozialistische

Werktätige gesellschaftskritischer seine Kaufentscheidungen reflektierte, während der kapitalistische Arbeitnehmer dumpf-glücklich und kritiklos einem privatistischen Lebensziel frönte? Ich weiß es bis heute nicht. Jedenfalls verbrachte ich bis zur Sommerpause mein Verkäuferdasein im Kaufhaus, und zum Fußball- WM-Endspiel im Juli 1966 kaufte ich mir von meinem üppigen Lohn - es gab in der Stunde 2,25 DM zu verdienen - an meinem Arbeitsplatz eine Flasche Sekt, die ich auf den Titelgewinn der deutschen Fußballnationalmannschaft trinken wollte. Obwohl mein Wunsch, der Weltmeistertitel, wie bekannt nicht in Erfüllung ging, die Fußballgötter und der für mich neue Nachbar aus der Schweiz waren dagegen, leerte ich die Flasche „Rüttgers Club" trotzdem, aber aus Verzweiflung.

„Uns" Uwe und der Schiedsrichter aus der Schweiz

Mein Wechsel zum „Klassenfeind" fand in jenem Jahr statt, in dem die Fußballweltmeisterschaft in England ausgerichtet wurde, so dass ich im Sommer 1966 bereits der westdeutschen Fußballnationalmannschaft in Süddeutschland, genauer im Südbadischen, den Daumen drücken konnte. So musste ich, Fußballspieler und Fan der westdeutsche Mannschaft, der ich schon zu DDR-Zeiten war, mit Bedauern ansehen, wie ein sozialistisch-sowjetisch-aserbaidschanischer Linienrichter namens Bakhramov und der neutrale Schweizer Schiedsrichter Gottfried Dienst „uns" Uwe Seeler, Schnellinger, Haller, Beckenbauer, Held, den berühmten Emmerich („Sigi, gib mich die Kirsche"), Schulz, Weber, Tilkowski, Held und Höttges beschiss und England zum Weltmeister machte. Das entscheidende Tor zum 3:2 für England war erwiesenermaßen keins. Nur unser damaliges Staatsoberhaupt, der diplomatische Komödiant wider Willen, Bundespräsident Heinrich Lübke, hatte als Einziger alles richtig gesehen: „Der Ball war drin!"

An der Schweizer Fußballnationalmannschaft, in der Schweiz „Nazi" genannt, wurde vorgezogene Rache geübt. Sie wurde, bereits vor dem Schiedsrichtereklat ihres Gottfrieds, in der Vorrunde mit Fünf zu Null von den „Unseren" besiegt. Der Portugiese Eusébio wurde Torschützenkönig der WM und der berühmte Pelé schied verletzungsbedingt bereits in der Vorrunde aus, wie seine anderen brasilianischen Fußballfreunde. Übrigens debütierte bei dieser WM ein bayerischer zwanzigjähriger Jüngling namens Franz, der fußballerisch äußerst erfreulich in Erscheinung trat - nicht nur weil er vier Tore fabrizierte und nach Italienlegionär Haller der erfolgreichste Torschütze war, sondern weil seine Eleganz und Leichtigkeit am Ball kaum von deutschen Spielern erreicht wird. Heute ist er uns als „Kaiser" bekannt, der seine leichte Kost via Massenmedien übermitteln darf.

Der „Fasel-Franz", wie Beckenbauer auch häufig genannt wird, hat sich seit damals in mein Leben hineingefressen, wie später Bundeskanzler Helmut Kohl, nach seiner äußeren Form auch „Birne" gerufen, der uns 16 Jahre lang politisch bestimmte, begleitete und große Teile unseres Lebens, das wir als Zeitgenossen zwangsläufig mit ihm führen mussten, beeinflusste. Die Fettnäpfchen, die der Oggersheimer Kohl suchte, wurden berühmt. Ob SS-Friedhofsbesuch mit dem Westernhelden und US-Präsidenten Reagan, oder der Vergleich des sowjetischen Regierungschefs Gorbatschow mit dem Nazi Goebbels, nichts wurde ausgelassen. Am schlimmsten waren jedoch seine politische Untätigkeit und seine sozialpolitischen Fehleinschätzungen, an denen wir heute noch ordentlich zu knabbern haben. Die Vereinigung der beiden deutschen Staaten wollte er aus der „Portokasse" des Kanzleramtes finanzieren, und die wirtschaftlich blühenden Landschaften im Osten suchen heute, zwanzig Jahre nach dem Mauerfall, noch viele Menschen vergebens. Entscheidend für seinen politischen Untergang war die Parteispendenaffäre, deren Finanziers, die das „System Kohl" unterstützten, er nicht nennen wollte. Dies brachte ihn innerparteilich unter Druck und kostete ihn den Führungsanspruch der CDU.

Als Walter „Spitzbart" Ulbricht 1971 „aus gesundheitlichen Gründen" seinen Rücktritt erklärte, hatte ich bereits seit fünf Jahren das sozialistische Paradies verlassen. Honecker stand zu dieser Zeit mit seiner Margot mehr als in den berühmten Startlöchern. Er hatte sich bei Breschnew, dem sowjetischen Chef der KPdSU, mit entsprechender Demutsgeste bereits angebiedert. Das Wort bieder ist übrigens eine treffende Bezeichnung für sämtliche SED-Funktionäre während der 40-jährigen DDR-Episode. Honecker, der Schalmaienkönig aus dem Saarland, war bereits seit 1950 Mitglied des Zentralkomitees (ZK), dessen Erster Sekretär er nach Ulbrichts Abgang wurde. Ab 1976 nahm er dazu die Position des Staatsratsvorsitzenden ein. Die Staatssicherheit blieb sein größtes Steckenpferd, die er als ehemaliger Sicherheitssekretär des ZK schon früher im Auge hatte, und die er im Austausch mit dem zuständigen Minister Mielke ständig zu verbessern versuchte. Seine spätere Rechtfertigung für die Errichtung der Mauer, an der er maßgeblichen Anteil hatte, fiel dann entsprechend skurril aus. Er wollte den „dritten Weltkrieg" verhindern. Eine Verurteilung wegen seiner Vergehen blieb ihm aufgrund seines schlechten Gesundheitszustandes erspart. Der Rechtsstaat, den die DDR nie geschaffen hatte, entließ ihn in die Freiheit, die er bis seinem Tode 1994 im südamerikanischen Chile verbringen durfte. Madame Honecker, die ehemalige Volksbildungsministerin, die 1978 den Wehrunterricht an den Schulen der DDR einführte, lebt weiterhin in Santiago de Chile. Da ich bereits viele Jahre vorher das Land, aber auch die Schule verlassen hatte, blieb mir die Wehrkunde erspart.

Die 68er

Im Jahr 1968 befand ich mich in einer Verwaltungs-
ausbildung in der süddeutschen Kleinstadt Singen,
vom studentischen Gedankengut und Milieu kilo-
meterweit entfernt. Die Berichterstattung über den
Schah-Besuch, der sich ja dann als eine Art Zündfunke
für die Studentenbewegung auf den Straßen und Plätzen
entwickelte, nahm ich via TV wahr. Prügelnde Jubel-
Perser des iranischen Geheimdienstes und Berliner Polizei gingen dabei eine taktische Koalition ein, was mich
doch sehr stutzig machte und meine Sympathien für die
Protestierenden deutlich erhöhte. Aber nicht nur die
Kritik am folternden Schah-Regime und der Protest
gegen den Vietnamkrieg trieben der Studentenbewegung meine Zuneigung entgegen, sondern vor allem die
Aufarbeitung der deutschen Nazi-Vergangenheit. In
Westdeutschland standen der laxe Umgang mit den Na-
zi-Aktivitäten in allen Bevölkerungsschichten und das
Todschweigen der unrühmlichen deutschen Vergangenheit nun endlich am geschichtlichen Pranger. Die Kritik
und der Angriff auf viele fragwürdige Autoritäten, die
sich in der Nachkriegs- und Adenauerära biedermeier-
haft breit gemacht und etabliert hatten, lief im Gleich-
klang mit der Kritik am imperialen System des US-
Staates. Dabei wurde gern übersehen, dass der Welt-
machtanspruch des sowjetischen Sozialismus ähnliche
Ziele verfolgte. Die Weltrevolution des Kommunismus
sollte, so Marx und Engels im Kommunistischen Mani-
fest, der Endpunkt der Menschheitsgeschichte sein.
„Mögen die herrschenden Klassen vor einer Kommunis-

tischen Revolution zittern. Die Proletarier haben nichts zu verlieren als ihre Ketten. Sie haben eine Welt zu gewinnen. Proletarier aller Länder vereinigt Euch!"

Unsäglich blieb seit den fünfziger und sechziger Jahren jedoch der Einsatz von politischem Personal mit NS-Vergangenheit in der Bundesrepublik. Sei es der eifrige NSDAP-Mann Kurt Kiesinger als deutscher Bundeskanzler oder der SA-Mann Gerhard Schröder, der zwischen 1961 und 1966 als bundesdeutscher Außenminister auftrat. Noch im Nachhinein eine Schande. Wie solche Altnazis sich nahtlos in die neue Bundesrepublik integrieren und entsprechende Positionen bekleiden konnten, muss nicht nur bei den Opfern Ekel erregt haben. Deshalb finde ich es heute noch richtig und gut, dass Beate Klarsfeld damals den Mut aufbrachte, den verkniffenen Anpasser Kiesinger zu ohrfeigen, zumindest symbolisch für seine Vergangenheit zu bestrafen.

Die widerwärtige Hetzjagd der Springerpresse auf das gesamte studentische Milieu führte zu einer gesamtgesellschaftlichen Radikalität, die später die „Rote Armee-Fraktion" (RAF) aufgriff. Mit der Ermordung von Benno Ohnesorg während des Schah-Besuchs im Juni 1967 und dem Mordanschlag auf den ursprünglichen DDR-Bürger Rudi Dutschke 1968, dem er Jahre später erlegen ist, hat der Mob der Straße - auch hier das Volk - zur Selbstjustiz gegriffen. Die autoritären und verführbaren Charaktere waren noch nicht ausgestorben. Pikanterweise, wie erst aktuell entlarvt, war der Totschläger von Ohnesorg, der Berliner Polizist Kurras, parallel ein Stasi-Spitzel. Man sieht, die damalige Berliner Polizei war zu allem fähig.

1969 auf dem Mond

Als Armstrong (es handelt sich nicht um den gedopten Radrennfahrer) und Aldrin als erste Menschen den Mond betraten, hatte ich schon dreieinhalb Jahre bundesrepublikanische Erfahrungen. In der Nacht vom zwanzigsten auf den einundzwanzigsten Juli saß ich, wie viele andere Menschen auf dieser Welt auch, gebannt vor der damals noch „Schwarz-Weiß-Glotze" und wartete und wartete, bis ein unförmiges Figürlein - Raumanzüge wirken doch sehr plump - aus der Apollo-Raumkapsel trat und tapsig die Gangway hinunter ging, um als erster Mensch seinen Fuß - war es der linke oder der rechte? - auf den grau-staubigen Planeten zu setzen. Was für eine Erleichterung, nicht nur bei der NASA, als es endlich gegen vier Uhr morgens (MEZ) vollbracht war. Nach Armstrong kam Aldrin in den Genuss, als „Number two" sozusagen. Nun hüpften und tänzelten die amerikanischen Weltraumhelden über „unseren Mond". Danach gefragt, ob sie das dürfen, haben sie wohl nicht. Stattdessen piekte Aldrin in „Luna" noch sein nationales Fähnlein als Beweis: „Armstrong and Aldrin were here". Natürlich stellvertretend für ganz Amerika. Während unten der bestialische Vietnamkrieg tobte, tollten oben zwei mittelalte Amerikaner auf unserem Nachtlicht. Apropos Nacht. Für mich war sie sehr kurz, denn ich musste mich um Siebenuhrfünfzehn in meinem „Office" befinden, damit ich mich Verwaltungsakten und entsprechenden Tätigkeiten hingeben konnte. Der 21. Juli war ein sehr heißer Sommertag und ich hielt mit einer großen und gut gekühlten Flasche Fanta bis ca. 11.00 Uhr an meinem Büroschreibtisch durch, bevor ich meinen

Kopf auf selbigen legte und einschlief. Der Mond kann doch sehr anstrengend sein.

Interessant ist die Tatsache, dass viele Amerikaner heute noch glauben, alles sei ein „fake" gewesen, die Mondlandung eine Hollywoodinszenierung. Rund sechs Prozent der US-Bevölkerung sehen große Regisseure am Werk, die dem Wunsch der damaligen amerikanischen Nixon-Regierung entsprachen, den prestigeträchtigen Wettlauf gegen Russland um die technologische Überlegenheit mitten im „kalten Krieg" für sich zu entscheiden. Sicher alles gute Gründe für einen Betrug. Als Beweis für eine Show fernab des Mondes wurde das angebliche Wehen der US-Flagge und der Schattenwurf der Astronauten genannt. Auch die perfekten Bilder werden als Gegenbeweis angeführt. Meine Theorie ist eine ganz andere. Mal abgesehen davon, dass am Morgen der Mondlandung meine Augen nicht nur durch das lange Wachbleiben gerötet waren, sondern auch der schlechten Bilder wegen, vermute ich, dass die Mondlandung in der DDR stattgefunden haben muss. Soviel grau in grau gab es nirgendwo im Kosmos, sondern nur im Arbeiter- und Bauernland. Verkleidete NVA-Soldaten spielten Mondlandung in Brandenburg. Berücksichtigt man, dass deutsche Filmregisseure wohl ein besonderes Talent für monumentale Fiktionsinszenierungen mitbringen, wie Emmeriherheit für die östld bewiesen haben, dann liegt der Verdacht der filmischen Umsetzung dieses Mondstoffes doch sehr nahe. Die amerikanische Regierung finanzierte großzügig diesen Betrug mit der Auflage größter Verschwiegenheit, und so konnte sich der DDR-Staat noch zwanzig weitere Jahre ökonomisch am Leben erhalten. Da die DDR sowieso weit hinter dem Mond lebte, erscheint mir meine Fassung sehr plausibel. Neil und Buzz, die amerikanischen Helden, hüllen sich zu Recht in Schweigen.

Die 70er Jahre begannen mit einem Kniefall

Die Entspannungspolitik gegenüber Osteuropa bzw. den Warschauer-Pakt-Staaten leitete sicherlich der Kniefall Willy Brandts vor dem jüdischen Mahnmal des Warschauer Ghettos ein, der echt und nicht inszeniert wirkte. Endlich verneigte sich ein deutscher Repräsentant vor den Opfern der deutschen Naziherrschaft. Am selben Tag wurde im Warschauer Vertrag die Oder-Neiße-Grenze anerkannt, damit wurde die 1949 von den Alliierten beschlossene Grenzziehung zwischen Polen und Deutschland von der Bundesregierung akzeptiert, ein weiterer Schritt zur Normalisierung mit dem Nachbarn Polen. Brandts Geste, der Versuch der Aussöhnung, hinterließ nicht nur bei der deutschen Nachkriegsgeneration starken Eindruck, sondern ermöglichte die Öffnung nach Osteuropa. Willy Brandt erhielt für seine Aussöhnungsbemühungen mit den östlichen Ländern Europas zu Recht den Friedensnobelpreis. Der Bundestag stimmte für die Ostverträge (CDU und CSU enthielten sich), die auf eine deutliche Entspannung hinzielten und Grenzsicherheit für die östlichen Nachbarn bedeuteten. Auch innerdeutsch kam es zu gewissen Absprachen durch das Transitabkommen. Dadurch wurde der freie Zugang zu West-Berlin gesichert.

Die führenden Mitglieder der Roten-Armee-Fraktion (RAF) Bader, Ensslin, Meinhof und Raspe, die sich aufgerufen fühlten, die Bundesrepublik nach ihren Vorstellungen in ein „Paradies" zu verwandeln und auch vor

Ermordungen nicht zurückschreckten, wurden gefasst, somit den selbstherrlichen und sinnlosen Aktionen ein Ende gesetzt. Pikanter Weise, wie sich später herausstellte, nahm die DDR-Staatssicherheit einzelne bundesrepublikanische Terroristen auf, verschaffte ihnen neue Identitäten und lies sie im Arbeiter- und Bauernstaat leben. Ob die westdeutsche Stadtguerilla dort das angestrebte sozialistische Paradies fand, ist mehr als fraglich. Meist schmorten sie in einer kleinbürgerlichen Existenz vor sich hin. Der deutsche Terror begleitete die gesamten 70er Jahre und fand mit der Entführung und Ermordung Hans Martin Schleyers und dem Kidnapping des Passagierflugzeuges „Landshut", das ebenfalls der Befreiung der RAF-Führung dienen sollte, einen gewissen Höhepunkt. Das Scheitern dieser Mission im Oktober 1977 durch die zweite Garde der RAF ließ den Rest der Führungsriege - Ulrike Meinhof hatte sich schon 1976 selbst getötet - resignieren und zum Selbstmord in der Vollzugsanstalt Stammheim greifen. Diese Orgie der Gewalt ging als „Deutscher Herbst" in die Nachkriegsgeschichte der Bundesrepublik ein. Der Terrorismus von links veränderte die Bundesrepublik nicht nur wegen der anschließenden Einführung der Antiterrorgesetzgebung nachhaltig.

Die DDR bürgerte nicht nur westdeutsche Terroristen ein, sondern auch unliebsame Geister aus. Der Barde Wolf Biermann, der die DDR als neue Heimat sah, durfte nach einem westdeutschen Auslandskonzert nicht mehr nach Hause und musste bleiben, wo er einst herkam.

Beeindruckend bleiben aus diesem Jahrzehnt sportliche Höhepunkte im eigenen Land: die Olympischen Spiele 1972 und der Gewinn der Fußballweltmeisterschaft 1974. Die Höhepunkte beider Großereignisse fanden in München statt. Den Olympischen Spielen haftete, trotz der beispielsweise grandiosen Leistungen einer Ulrike Meyfahrt und eines Dick Fosbery - beide gewannen den Hochsprungwettbewerb - eine traurige Note an, weil Palästinenser das olympische Dorf überfielen und israelische Sportler entführten und töteten. Während in diesem Jahrzehnt Walter Scheel - der singende Bundespräsident - und Silvia Sommerlath - sie heiratete den schwedischen Juniorkönig Karl Gustav - Karriere machten, ging eine Politlaufbahn zu Ende. Der „unbarmherzige" Jurist und Baden-Württembergische Ministerpräsident Filbinger musste aufgrund seiner kurz vor Kriegsende ausgesprochenen Todesurteile gegenüber Deserteuren dem öffentlichen Druck weichen und sein Ministeramt aufgeben. Seine starre Uneinsichtigkeit und fehlende Reue hat er mit ins Grab genommen. Ein weiteres Kapitel bundesdeutscher Aufarbeitung mit der Naziherrschaft fand wieder einmal einen unrühmlichen Abschluss. Das große Vergessen einer Generation, die während des nationalsozialistischen Terrorregimes lebte, sich heraushielt oder systemkonform funktionierte, beschäftigt die Bundesrepublik noch heute. Gerade das sich Nichtstellen der eigenen Vergangenheit provozierte die 68er-Bewegung und den anschließenden Rigorismus der vor allem jüngeren Generation mit. Literarisch ging es in den 70er Jahren mit der Bundesrepublik aufwärts. Heinrich Böll erhielt den Literaturnobelpreis für seine deutsche Nachkriegsliteratur. Musikalisch blieb das Jahrzehnt eher durchwachsen. Mit griechischem Wein halbierte Udo Jürgens die 70er Jahre, was einem shame, shame, shame on you ins Gesicht treiben konnte. Die 70er waren musikalisch bieder, ohne wesentliche neue Impulse, so dass mit YMCA von den Village People dieses Jahrzehnt musikalisch endete.

Kohl übernimmt die Republik

ach den Reformbemühungen der SPD Willy Brandts und der ersten sozial-liberalen Koalition in der Bundesrepublik, kam, nach Brandts Sturz durch den DDR-Agenten Guillaume, der Macher Helmut Schmidt ans Ruder der Republik. Schmidt konnte bis Anfang der 80er Jahre die Koalition beisammen halten, ehe der „Partner" Vizekanzler und Außenminister Genscher eine radikale Wendung vollzog und den Bundeskanzler, der das Misstrauensvotum stellte, stürzen half. So begann sich in den 80er Jahren eine bleierne Schwere über die Bundesrepublik zu ziehen. Die visionslose Zeit des Aussitzens, der Rückbesinnung auf konservative Werte und die betuliche Provinzialität hatten begonnen. Dies spiegelte sich nicht nur im Nichtlösen von anstehenden Problemen, mit denen wir uns heute herumschlagen dürfen wider, sondern im gesamten politischen Regierungspersonal. Erinnert sei nur an einen Herrn Blüm, Sozial- und Arbeitsminister unter Kohl, der einmal der polnischen Gewerkschaftsbewegung Solidarnosc zurief: „Marx ist tot, Jesus lebt". Für so eine Aussage müsste man eigentlich zum Amtsarzt vorgeladen werden. Oder dem baden-württembergischen Kultusminister Mayer-Vorfelder, der ernsthaft mehr Gesang und Religion im Schulunterricht anmahnte. Als bekennender Liebhaber der Weinsorten Müller-Thurgau und Weißherbst sei ihm diese Aussage verziehen. Im Oktober 1982 wurde der nächste Helmut ins Kanzleramt gewählt. Das Pfälzer Urgestein Kohl hatte sein großes Ziel, endlich Bundeskanzler der Bundesrepublik Deutschland zu werden, mit Hilfe des FDP-Wendehalses Hans-Dietrich Genscher, der übrigens auch „versehentlich" NSDAP-Mitglied war, erreicht. Der Name Genscher ging in die Wortschöpfungsgeschichte ein: Unter „Genscherismus" wird u.a. lavieren oder es-allen-recht-machen verstanden. Dieses gekonnte Lavieren war Anfang 1982 nötig, als er schon mit Kohl klüngelte. Der später wegen Steuervergehens vorbestrafte Graf Lambsdorff zündelte mit einem „Krawallpapier" und sprach von einer „Krise des politischen Systems". Genscher schwieg zu diesem wirtschaftspolitischen „Scheidungspapier", um es mit seinem Parteifreund Lambsdorff nicht zu verderben. Kohl und Genscher wurden während ihrer Amtszeit häufig in den Staaten hinter dem „eisernen Vorhang" gesichtet. Dort haben sie alle, die irgendwie einen deutschstämmigen Vorfahr oder deutschen Schäferhund hatten, aufgefordert oder eingeladen, nach Hause zu kommen. Viele haben die Einladung gern angenommen. Um die Integration der osteuropäischen Zuwanderer nach Deutschland mussten sich dann andere kümmern, da ließen beide Weltpolitiker die davon betroffenen Kommunen im Stich. Wollten beide mit diesen „Nadelstichen" die sozialistischen Länder personell schwächen? War es etwa eine vorbereitende Aktion, die dann letztlich zum Zusammenbruch des osteuropäischen Imperiums unter sowjetischer Führung führte? Wenn es so wäre, hätte ich diesen beiden solche Gerissenheit nicht zugetraut, habe sie unterschätzt. Die Bundesrepublik wurde zusammen mit ihrem Oberhaupt Kohl immer bräsiger. Während der Kanzler figürlich immer fülliger wurde, wurde das Land immer behäbiger. Bis zu dem Tag als ein ehemaliger Jurist es aufforderte, zu rucken. Ein herzöglicher und bereits vergessener Bundespräsident sprach seinen wichtigsten Satz: „Es muss ein Ruck durch Deutschland gehen".

Ein Schauspieler wird Präsident

Bevor der Schauspieler Ronald Reagan, ein strenger Antikommunist, zum vierzigsten Präsidenten der Vereinigten Staaten von Amerika gewählt wurde, marschierten sowjetische Truppen in Afghanistan ein. Was für ein Geschrei damals in den westlichen Ländern, die rund 25 Jahre später alle selbst in diesem Land zu Gange sind. Diesmal aber zu Recht, weil Terrorismusverdacht alle Mittel heiligt, während der „Iwan" Anfang der 80er Jahre des letzten Jahrhunderts nur ein schnöder Okkupant war, dem eigene Interessen, d.h. die imperiale Ausbreitung des Kommunismus vorgeworfen wurden. Interessant ist die Tatsache, dass eine direkte Grenze zwischen Afghanistan und der damaligen Sowjetunion bestand, während die aktuell eingefallenen „Friedensmächte", vor allem die von Präsident Bush angetriebenen amerikanischen Truppen, die allerdings nach ihrem Überfall auf den Irak etwas das Interesse verloren haben, alle von weit her anreisen mussten. Aber dafür gibt es plausible Erklärungen. „Die Sicherheit Deutschlands wird auch am Hindukusch verteidigt.", sagte ein SPD-Struck. Ah ha, Deutschland muss in Afghanistan Krieg führen. Das leuchtet ein, ist sinnvoll und gerecht. Damals als die irren afghanischen Taliban die Russen erheblich nervten, wird bei dieser selbstgerechten Interpretation außer Acht gelassen.

Aber nicht nur die „Sowjets" machen in den 80er Jahren Schwierigkeiten. Auch England kabbelt sich mit Argentinien um die Falklandinseln. Da werden die englischen Interessen eben mal in Südamerika verteidigt.

Überall kracht's, so auch in München beim Oktoberfestattentat, wo ein wahnsinniger Rechtsextremist eine Bombe hochgehen ließ. Traurige Bilanz: 13 Tote und 211 Verletzte.

Das Massaker chinesischer Truppen an ihrer eigenen Bevölkerung, ausgerechnet am Platz des „Himmlischen Friedens", entbehrt nicht einer gewissen Ironie. Aber, wird sich die chinesische Staatsführung gedacht haben, was geht's uns an, der Platz heißt ja nicht „Friedenserde" oder so ähnlich, da können wir doch brutal draufhauen, mit Panzern, dann haben die Adressaten endlich ihren himmlischen Frieden, wenn auch auf Erden.

Währenddessen geht in Deutschland ein schmieriges Polittheater betrüblich zu Ende. Der schleswig-holsteinische Ministerpräsident Barschel lässt seinen oppositionellen Widersacher Engholm bespitzeln und endet, nach Aufdeckung der Affäre, in einer Badewanne im Genfer Hotel Beau Rivage. Wie er dort zu Tode kam, darüber wird heute noch spekuliert. Selbst die ostdeutsche Stasi, die an vielerlei Schweinereien beteiligt war, steht in Verdacht. Doch wahrscheinlich war es Suizid.

Aber es gab auch positive Nachrichten zum Ende dieses Jahrzehnts. Nachdem Gorbatschow den sowjetischen Laden übernommen hatte und mit Perestroika und Glasnost den gesamten Ostblock verzückte, öffnete sich Ungarn auch für DDR-Bewohner, so dass diese bequemer in den Westen reisen konnten, ohne Sorge, von irgendwelchen Volkspolizisten („Vopos") mit dem Verlust des Lebens bedroht zu werden. Aber es wurde noch einfacher: Im November 1989 wurde die innerdeutsche Grenze geöffnet und der Umweg über Ungarn unnötig.

Wir sind Volk

Das Ende des DDR-Regimes wurde von vielen Demonstrationen begleitet. Montagsdemonstration, Dienstagsdemonstration, Mittwochsdemonstration, usw.. Bis am Sonntag Schabowski die Schnauze voll hatte und sagte, die Grenze sei für jeden, nicht nur für Rentner und die berühmt-berüchtigten Reisekader, offen. Irgendwann begann auf diesen Demonstrationen das Volk zu rufen: „Wir sind das Volk!" Zum Ende hin wurde die Vereinigung der beiden deutschen Staaten, die ein Jahr nach dem Mauerfall Realität wurde, vorweggenommen, indem die ursprüngliche Parole in „Wir sind ein Volk!" abgeändert wurde. Dieser Ruf und das Beharren, das Volk zu sein, hat mich sehr irritiert, machte mich skeptisch. In Erinnerung an meine Kindheit ist mir der Satz geblieben, der häufig in den Gesprächen der Erwachsenen fiel: „Das ist ein Volk!" Aus diesen Gesprächen ging eindeutig hervor, dass dies negativ gemeint war. Beim „Volk" handelte es sich um eine missratene Familie oder Sippe, die mit diesem Satz am Pranger stand, deren Lebensführung in Zweifel gezogen wurde. Da kann man sich vorstellen, dass Sätze wie „ Wir sind das Volk!" oder „Wir sind ein Volk!", nicht nur bei mir für erheblichen Wirbel sorgen konnten. Im „Osten" wie auch im „Westen", unabhängig von den Sonntagsreden zur deutschen Vereinigung, gab es nicht wenige, die den vehementen Drang des DDR-Volkes gen West mit Erstaunen registrierten. Man konnte 1990, nach dem Vollzug dieser Volks-Forderung, erkennen, wie das innerdeutsche Ministerium bestens auf die Vereinigung des „Volkes" vorbereitet war.

Das ökonomisch-soziale Desaster

Die politische Krise der DDR hatte ökonomische Wurzeln, so dass die gesellschaftlichen und sozialen Widersprüche immer stärker und augenfälliger zu Tage traten. Für entsprechende Arbeitsleistung erwarteten die Menschen in der DDR zu Recht Waren und Leistungen, die nicht durch Beziehungen und lange Wartezeiten bestimmt werden. Groteske Warteschleifen, d.h. Versorgungsverzögerungen waren an der Tagesordnung. Wer sich mit 18 Jahren ein Auto bestellte, musste seine Lebensjahre verdoppeln, um in den Genuss eines DDR-Fahrzeuges zu kommen. Oft fiel die Arbeit in den Betrieben aus, weil Materialen fehlten. Dann wurden wieder extra zu vergütende Sonderschichten angeordnet, um aufzuarbeiten, was zentraler Plan und Nachfrage erforderten, um danach wieder in eine unproduktive Phase zu fallen. Selbst Tauschhandel zwischen den VEB-Betrieben war üblich, um Engpässe zu überbrücken.

Dabei sah es zunächst nicht so schlecht aus für die DDR-Wirtschaft, sieht man von den Konflikten ab, die durch Erhöhung der Arbeitsnorm ohne Gegenleistung 1953 mit einem Widerstand der Werktätigen begann und durch den ständigen Exodus von Arbeitskräften fortgesetzt wurde, den man mit dem Mauerbau 1961 unterband. Ende der 50er Jahre hatte Ulbricht bereits große Pläne, die er auf dem fünften Parteitag der SED vortrug: „Die Volkswirtschaft der DDR ist innerhalb weniger Jahre so zu entwickeln, dass die Überlegenheit der sozialistischen Gesellschaftsordnung der DDR gegenüber der Herrschaft der imperialistischen Kräfte im Bonner Staat eindeutig bewiesen wird und infolgedessen den Pro-Kopf-Verbrauch der Gesamtbevölkerung in Westdeutschland erreicht und übertrifft". In den Köpfen der DDR-Oberen spukte das Konzept „Überholen ohne einzuholen", was als Losung häufig zu lesen und zu hören war und was für alles, was in der DDR stattfand, zu gelten schien. Man wollte die Überlegenheit des Sozialismus als gesellschaftliches System vorführen, so zumindest der Plan. Die seit 1962 im Rahmen des „Neuen Ökonomischen Systems (NÖS) eingeleitete Wirtschaftsreform, die ökonomische Anreize für Betriebe und Erwerbstätige bieten sollte, war eine gewisse Hinwendung zu einer marktorientierten Wirtschaftspolitik, ohne allerdings die zentrale Planwirtschaft aufzugeben. Dieser Widerspruch zwischen der Dominanz zentralen Planwirtschaftens und einer wirtschaftlichen Dezentralisierung sollte letztendlich zum Scheitern dieser Reform führen. Nach dem Motto „So wie wir heute arbeiten, werden wir morgen leben", wurde vernünftig gewirtschaftet und die Arbeitsproduktivität durch Leistungsanreize erhöht. Das Nationaleinkommen steigerte sich wie das der Bevölkerung. Die Auslandsverschuldung blieb gering und der Staatshaushalt schuldenfrei. Rohstoffe, Material und Zulieferungen waren weitgehend gesichert, so dass eine relativ intakte Wirtschaft vorhanden war, die jedoch viele Wünsche und Bedürfnisse der DDR-Bevölkerung offen ließ. So kam zu Beginn der 70er Jahre die DDR-Ökonomie relativ stabil einher. Nach Honeckers Machtübernahme wurden die wirtschaftlichen Reformen und Experimente auf Eis gelegt. Die Erhöhung der Produktivität sollte durch neue

Technologien und Automatisierungsvorhaben gewährleistet werden, was die Ost-Ökonomie in Schwierigkeiten brachte, da diese Entwicklung riesige Summen verschlang. Die weitere Erhöhung des materiellen und kulturellen Lebensniveaus, welches durch eine entwicklungstempoverschärfende sozialistische Produktion und Effizienzsteigerung erfolgen sollte, führte zu immer großen Widersprüchen zwischen Anspruch und Realität, zwischen Soll und Ist. Das Wirtschaftssystem bot keine Anreize, so dass Leistungssteigerungen nicht eintraten und soziale Ansprüche befriedigten, andererseits wirkten nicht an individuelle Leistung gebundene Sicherheitssysteme kontraproduktiv negativ auf die Motivation. Dies alles führte zu einem steigenden Verbrauch von Nationaleinkommen bis in die 80er Jahre hinein. Die Befriedigung von Konsumbedürfnissen der Bevölkerung, auch zur Machterhaltung, ging einher mit einer deutlichen Außenverschuldung und dem Verlust der Rücklagen. Verschärfend hinzu kam die Explosion der Rohstoffpreise auf dem Weltmarkt. Das über die Verhältnisse Leben wurde nicht nur zur Wirtschaftsmaxime der DDR. Nimmt man die gegenwärtig steigende Staatsverschuldung der Bundesrepublik Deutschland, dann scheint neben dem „mehr ausgeben als einnehmen" das religiöse Motto „Nach uns die Sinnflut", noch hinzuzukommen.

Wunschvorstellungen und wirtschaftliche Konzeptlosigkeit bestimmten immer mehr die Honeckeradministration. Zwischen Abbremsen und Gas geben entschied man sich für weiteres Tempo, was eine rasante Auslandsverschuldung vor allem gegenüber den westlichen Ländern zur Folge hatte. Den anderen sozialistischen

Ländern des Ostens erging es wie der DDR, so dass von denen nichts geborgt werden konnte, weshalb eine Verschuldung gegenüber ihnen ausblieb. Immer mehr Mittel mussten von den Betrieben in den Staatshaushalt verlagert werden, damit alle sozialen Angebote im DDR-Staat bezahlt werden konnten, so dass Investitionsmöglichkeiten beschnitten wurden. Die privaten Geldeinkünfte überstiegen die Bereitstellung von Waren und Dienstleistungen, was zu einer zunehmenden Sparquote führte. Dieser aufgestaute Kaufkraftüberhang betrug 1990 etwa 30 Milliarden Mark. Eine inflationäre Entwicklung verschärfte diese Wirtschafts- und Staatskrise, abgesehen von der Verschuldung wegen unterlassenem Umweltengagements. Die Bereinigung dieses DDR-Defizits beschäftigt die Bundesrepublik Deutschland auch noch zwanzig Jahr nach der Vereinigung der beiden deutschen Staaten.

Während den letzten ökonomischen Zuckungen der DDR-Volkswirtschaft, die 1989 vor ihrem Bankrott stand, und die u.a. vorher durch diverse Zufuhren an Devisen, sei es durch das Geld, welches Westbesucher im Rahmen des Zwangsumtausches abgeben mussten, sei es durch Menschenhandel oder die Übergabe von Millionenbeträgen, die zur Erleichterung der deutsch-deutschen Kontakte dienten, wurden selbst die Rohstofflieferungen der Bruderstaaten, allen voran der Sowjetunion, unveredelt an den Westen weiterveräußert, um dass Wirtschaftsversagen der DDR-Nomenklatura zu vertuschen.

Die wirtschaftliche Gesamtbilanz der DDR ist am Ende desaströs. Egon Grenz ließ sie („Schürer-Papier")

1989, nach dem Sturz Honeckers, erstellen: „Das beste-
hende System der Leitung und Planung hat sich hin-
sichtlich der notwendigen Entwicklung der Produktion...
nicht bewährt, da ökonomische und Preis-Markt-Rege-
lungen ausblieben". - „Es ist eine grundsätzliche Ände-
rung der Wirtschaftspolitik der DDR verbunden mit
einer Wirtschaftsreform erforderlich."

Gesamtdeutschland

Um einen Eindruck von Deutschland seit der Vereinigung bis heute zu bekommen, werden verschiedene Anlässe, Zustände und Besonderheiten aufgeführt. Es sind meist nur Einzelereignisse, denn die Bundesrepublik Deutschland ist viel zu komplex, um sie in ihrer Totalität zu erfassen. So sollen verschiedene Episoden, Probleme und Bewertungen dieses neue Deutschland beschreiben, selbst wenn sie manchmal unernst oder kritisch-subjektiv vorgetragen werden. Die Veränderungen seit der deutschen Einheit sind gravierend. Das Land wird angeführt von einer Bundeskanzlerin, die aus der DDR kam, allerdings in Hamburg gebürtig. Selbst solche biographischen Merkmale zeigen eine neue deutsche Verwobenheit, mit der vor zwanzig Jahren sicher niemand gerechnet hätte, denn die Vereinigung der beiden deutschen Staaten war eine eher fiktional-hypothetische Angelegenheit, die keiner ernsthaft in seiner Gedankenwelt gestaltete. Eine mit der Einheit verbundene hohe Staatsverschuldung und eine nicht unproblematische Ostalgiewelle werden auch in Zukunft für erheblichen Gesprächs- und Zündstoff innerhalb Deutschlands sorgen. Bei anhaltenden Verteilungsproblemen werden die Akteure bissiger. Initiativen, die sich eine Reanimation der Mauer wünschen, zeugen von einem, wenn auch karnevalesken, Unmut über die deutsche Vereinigung. So werden noch Jahre ins Land gehen, bis das neue Deutschland normal wird. Wenn im Herbst 2009 die Bundestagswahlen stattfinden, kann eine neue politische Konstellation dieses

Land treffen - Bundeskanzler: Ost und Frau, Außenminister: West und Schwul.* Es geht doch voran mit
Deutschland.

*Das richtige Leben hat diese Prognose abgelöst.

Deutschland forever

Deutschland ist nicht leicht zu beschreiben, lässt sich schwer fassen. Es leben jetzt 82 Millionen Menschen im Zentrum des „vereinten" Europas liegenden Land, dessen Hauptverwaltungsregierung in Brüssel sitzt. An der Spitze der deutschen Nationalregierung steht Frau Dr. Merkel, eine in Hamburg geborene Physikerin, zuletzt wohnhaft in der DDR. Zur Regierung gehören gegenwärtig zwei Minister, die man die „Stones" nennt. Einer ist für „außen" und einer fürs „Finanzielle" zuständig Vorher wurde die deutsche Regierung von einem zum russischen GAZPROM-Konzern gehörenden Manager namens Schröder angeführt, der einen gewissen Kohl nach langer Regierungsphase abgelöst hatte. Zuletzt hatten wir zwei präsidiale Häuptlinge, einen nannten sie Silberlocke und der andere war der Es-Muss-Ein-Ruck-Durch-Deutschland-Gehen-Präsident. Ein weiterer Vorstandsvorsitzender der Deutschland AG wurde ein Köhler, Horst.

Sechzehn Bundesländer gehören zu Deutschland, darunter sind die Stadtstaaten Hamburg, Bremen und Berlin. In Deutschland leben ewig Vertriebene, Zonenflüchtlinge, assimilierte Gastarbeiter, Asylbewerber, Deutsche mit Migrationshintergrund, dänische Minderheiten, Sorben und einige, die schon länger hier wohnen, sowie Ausländer. Die größte türkische Ansiedlung außerhalb der Türkei ist Berlin-Kreuzberg.

Rund 90% der deutschen Bevölkerung lebt in Städten. Am dichtesten ist Nordrhein-Westfalen besiedelt und am schwächsten Mecklenburg-Vorpommern. Im

Durchschnitt leben 231 Deutsche auf einem Quadratkilometer. Zu den rund 60% Katholiken und Protestanten, die diese Land beherbergt, gesellen sich mittlerweile 4% Muslime. Der Rest vertritt andere Überzeugungen.

Deutschland erstreckt sich rund 900 Kilometer von Nord nach Süd und 600 Kilometer von Ost nach West. Es ist umzingelt von neun Ländern: der Schweiz, Österreich, Frankreich, Luxemburg, Belgien, den Niederlanden, Dänemark, der Ostsee und der Nordsee sowie Polen und Tschechien. Mit allen verstehen wir uns gut, nur mit der kleinen Schweiz hat ein gewisser Herr Steinbrück Probleme. Der Papst ist ein Deutscher. Er sitzt im Vatikanstaat, einer Enklave Italiens.

Deutschland ist Exportweltmeister und amtierender Fußballeuropameister, bei den Frauen. Die Deutschen gelten auch als Reiseweltmeister. Obwohl es viele landschaftlich reizvolle Gebiete innerhalb Deutschlands gibt, verlassen viele Menschen in ihren Ferien fluchtartig das Land, als würden sie verfolgt oder würden auswärts etwas verpassen. Verständlich ist die Reiselust der Ostdeutschen, denn da besteht nach langer Enthaltsamkeit deutlicher Nachholbedarf.

Deutschland ist Wurstland. Die regionalen Verschiedenartigkeiten dieses Genussmittels und die Menge des Verzehrs ist ebenfalls rekordverdächtig. Allerdings ist Deutschland essenstechnisch schon lange kein Entwicklungsland mehr. Da haben uns andere Länder, beispielsweise Italien, Frankreich, aber auch die Türkei und Griechenland sowie der asiatische Kontinent, gourmetmäßig vorangetrieben.

Die letzte Dekade des 20. Jahrhunderts

Die letzte Phase des ausgehenden Jahrhunderts, die 90er Jahre, wurden durch einschneidende Veränderungen bestimmt. Neben der visafreien Einreise in die Länder des Ostblocks kam es im Oktober 1990 zur Vereinigung der beiden deutschen Staaten. Nun musste Gesamtdeutschland besser organisiert und geregelt werden, deshalb wurden neue, fünfstellige Postleitzahlen eingeführt, und bestimmte Abfälle erhielten einen Grünen Punkt. Sie mussten separat gesammelt werden. Die Kosten für diesen Recyclingschwindel trug der Endverbraucher in Form von erhöhten Verkaufspreisen. Andere Länder waren da weit schlechter dran. Jugoslawien zerfiel in seine Einzelteile und die Iraker überfielen Kuwait. Nur gut zehn Jahre nach Josip Titos Tod zerbröselte der Balkanstaat, und die ethnischen Gruppen strebten eine Loslösung von Serbien an, was mit erheblichen Gräueltaten verbunden war. Bei der Ermordung von 8.000 Bosniaken sah die Welt tatenlos zu, d.h. die vorhandenen UN-Truppen schauten mal kurz weg, damit der Ärger nicht zu groß wurde. Ein Schandfleck für ewig und für die beteiligten UN-Staaten.

Derweil ließ es sich der amerikanische Präsident gut gehen. Er rauchte genüsslich Zigarren, die ihm die Praktikantin Monica L. zwischen ihren Beinen vorbereiten musste. Ein vorbildlicher Gourmet, dieser Präsident, der sich auch anderweitig praktikantisch bedienen ließ. In Deutschland sorgte ein Kaufhauserpresser für Furore, der den Ermittlern bei den Lösegeldübergaben mit großem Raffinement immer wieder ein Schnippchen schlagen konnte. Und es dauerte sehr lange, bis dieser schlaue „Dagobert", so nannte sich der Schelm mit Künstlernamen, gefasst werden konnte. Sein bürgerlicher Name, Arno, Martin, Franz Funke, ist dagegen uninteressant. Hello Dolly, sang einst der Musiker Luis Armstrong und dachte dabei nicht im Schlaf an ein Schaf. Doch Dolly wurde Mitte der 90er Jahre das erste auf der Welt geklonte Schaf genannt. Damit gab es nun zwei genetisch identische, wollegebende Kreaturen auf diesem Erdball. Aber es kam noch zu anderen genialen Experimenten und Erfindungen: Die eine war das „Arschgeweih", ein Tatoo über dem Allerwertesten, und die zweite Neuerung war die „Loveparade", ein Techno-Musik-Umzug im Berliner Tiergarten, der diesen derart versaute, dass Jahre später und nach diversen Wiederholungen der Berliner Senat dem Ganzen ein Ende bereitete, was vielen Techno-Freaks und ihrem Anführer Dr. Motte natürlich gar nicht gefiel. Verlust und Trauer gab es auch an anderen Orten: In Paris verlassen uns, nach einer wüsten Verfolgungsjagd mit Paparazzis, Di und Do, besser bekannt als Lady Diana und Dodi al Fayed. Ihr Tod durch einen Autounfall wegen überhöhter Geschwindigkeit wird von verschiedenen Verschwörungstheorien begleitet, die bis ins neue Jahrtausend die Gerichte beschäftigten. Hip-Hop und Grunge waren neue Musikstile der 90er, die auf die Generation „Golf" trafen, eine Generation bar jeder ökonomischer Nöte, hedonistisch und markengeil. Zum Ende des Jahrzehnts wurde der zur Toskanafraktion zählende Gerhard Schröder Bundeskanzler, während der russische Wodtka-Präsident Boris Jelzin an Wladimir Putin, den ehemaligen KGB-Offizier, den Staffelstab übergab.

In dieser letzten Dekade des alten Jahrhunderts wurde auch die DDR „abgewickelt", wie das damals hieß. Dabei handelte es sich um das Verschachern der Unternehmen, die ja eigentlich dem Volke gehörten, weil alles - oder fast alles - in der DDR volkseigen genannt wurde. Einer total überforderten Treuhandanstalt, kurz „Treuhand" genannt, die mit dem Verkauf der DDR-Betriebe beauftragt wurde, gelang unter der Federführung einer Frau Breuel, die Dank ihrer Beziehungen zu Kanzler Kohl als „Chefverkäuferin" angeheuert wurde, nicht viel. Das wurde auch nicht erwartet, da unser Kanzler das ganze Vereinigungswerk rasch aus der „Portokasse" zahlen wollte. Das Konzept „schnell privatisieren, entschlossen sanieren oder behutsam stilllegen" führte nicht nur zu steigender Arbeitslosigkeit, mit entsprechenden Protesten, sondern auch zur Vernichtung erheblicher Kapitalsummen. Aber fairer Weise muss man zugestehen, dass hier Neuland mit dem Verkauf eines kompletten Landes betreten wurde, es gab bisher keine Erfahrungswerte und Vorbildliches. So wurden Werte geradezu verschleudert, andere überteuert abgegeben, so dass deren Eigner daran finanziell scheiterten; da wurde geschmiert und getrickst, bewusst unter Wert verkauft, Bilanzen gefälscht und Vorteilsmitnahmen ermöglicht, dass es für die Gewinner eine Freude war. Dabei konnte nicht alles aufs Treuhand-Tableau gelangen, denn diverse SED-Seilschaften hatten ihre Schäfchen bereits ins Trockene gebracht. Staats- und Wirtschafsgelder verschwanden im In- und Ausland. Davon profitierten auch ehemalige DDR-Gurus wie ein Schalk Golodkowski, der ewige Treuhänder für DDR-Devisen-Geschäfte. Ein Schalk, wer Schlechtes dabei denkt.

Deutschland, kein Wintermärchen

Es waren einmal zwei Länder, die sich beide deutsch nannten. In dem einen Land lebten die armen proletarischen Kleinbürger, die plötzlich „Wir sind das Volk" schrien und sich als Revolutionäre fühlten. Sie fühlten sich auch deshalb so, weil ihnen die neureichen, spießigen Bürger und deren Anführer aus dem anderen Lande dies zugestanden. Nachdem unsere kleinbürgerlichen Revolutionäre ihre Unterdrücker zum Teufel gejagt hatten, verspürten sie einen unsäglichen Wunsch. Sie wünschten sich von ganzem Herzen, dass beide Länder zu einem würden. Diesen Wunsch teilten auch die anderen. Es sollte ein richtig schönes reiches Land für die kleinen spießigen Bürger werden. Und so schrien viele: „Wir sind ein Volk". Das hörten die Nachbarn der beiden Länder und waren beunruhigt, denn die beiden Länder gehörten schon einmal zusammen. Das war den Nachbarn damals schlecht bekommen. Sie hatten so viel Unheil über ihre Nachbarschaft und die ganze Welt gebracht, dass nach der Teilung niemand ein so widerliches und großes Reich mehr wollte. Deshalb wurde die Aufteilung dieses Reiches beschlossen. In dem einen Teil lebten fortan die guten und neuen Menschen und in dem anderen die schlechten und ewig gestrigen. So nannte sich das erste Land „Deutsch-Gutland" und bezeichnete das andere als „Deutsch-Nazi-Schlechtland". Dies hatte seine guten Gründe. Und „Schlechtland" nannte sich selbst „Wunderland" und die anderen „Bösreich". So etwas nannte man damals „kalter Krieg". Das eine Volk lebte mehr schlecht als mit

„Recht", das andere mehr gut als gerecht. Waren die einen immer feister und wohlständiger geworden, so wurden die anderen immer ärmer und kaputter. Und im vierten Jahrzehnt nach der Teilung kam die Kunde, dass in Gutland oder Bösreich, je nach Betrachtung, eine Revolution stattgefunden hatte. Sie hatten ihre Anführer davongejagt und wollten nur eins, sie wollten so wohlständig werden wie die „Wunderländer".

Deutsche Winde

Orkanartige Stürme über ganz Europa in diesen Februartagen. Sturm ist gut für Geist und Seele. Lenkt er doch, telegen aufbereitet, von dumpfer Deutschtümelei der letzten Wochen ab. Lieber euroklimatische Schadensbilanzen zur besten Sendezeit als dicke deutsche Soße. Diese erdrückend lähmenden Bilder deutscher Beschaulichkeit; Kohl und Modrow, Modrow und Kohl - Biedermänner unter sich. Der eine aufgestiegen durch die Vergreisung und Verblödung einer muffigen Funktionärselite, die nicht begriffen hatte, dass ihr Sozialismus zum Sterben verurteilt war, der andere emporgeenkelt innerhalb einer Partei, die mit Alt-Nazis zur Volkspartei mutierte. Wendehälse und Trittbrettfahrer zu aller Zeit und allerorts. Auch das ist deutsche Geschichte.

Was hören-sehen wir aus Ost? Betrug am realexistierenden Menschen, der lange nichts merkte? Das Volk ist unser, dachte die Stasi und die Funktionärsaristokratie. Volk sah nichts? Hörte nichts? Wusste nichts? Menschen scheinen sich nicht zu ändern, nicht einmal der reale Soziolo. Der „neue Mensch" war immer Utopie von DDR-Funktionären, in deren Hirnen sich Menschlichkeit nicht einnisten konnte.

Kleinbürgerwahn. Datscha und Trabi, Benz und Mallorca. Der Zement, aus dem unsere Träume sind, in allen Köpfen. Wir sind nun ein Volk mit achtzig Millionen roten Zipfelmützen. Aber keine Angst, wir sind keine Jakobiner, dafür sind wir doch zu zwergfixiert.

Olympia sei Dank!

Nach PISA waren wir doch alle etwas geknickt. Da wurde uns bestätigt, kein Volk der Dichter und Denker mehr zu sein. Aber dank Olympia wendete sich alles zum Guten. Wir sind ein Volk von Rodlern und Schlittschuhläufern, das hat die Winterolympiade in Salt Lake City uns und dem Rest der Welt eindrücklich gezeigt. Wir sind fröhliche und flinke Wintersportler, kein kauziges Bergvölkchen wie die Schweizer und Österreicher, oder Eisbewohner wie die Finnen, sondern mitteleuropäische Thüringer, Bayern und Schwarzwälder, die Spaß am Schnee und Eis haben. Fünfunddreißig Spitzenplätze! Im Medaillenspiegel unangefochten auf Platz eins. Kein Land der Welt konnte uns den Schnee reichen. Was nützt es da den Finnen, wenn sie - die PISA-Studie behauptet es zumindest - besser lesen und rechnen können, wir dafür schneller laufen und weiter Skispringen. In der Loipe liegt die Wahrheit, die Kufen kratzen den Erfolg ins Eis. Das haben die Finnen nun davon, dass sie sich nicht auf ihre ureigensten Fähigkeiten besinnen, sondern in ihre Eishöhlen verkriechen, lesen und rechnen, bis ihnen ihre Tranlampen ausgehen. Dafür gibt's kein Gold.

Gold, Silber, Bronze nur für uns. „So ein Tag, so wunderschön wie heute...". Rankings sind etwas Wunderbares - Pisa ist gestern, Olympia ist jetzt. Von mir aus könnten die olympischen Winterspiele bis in den Sommer hineingehen. Deutschland vor, noch ein ... Torlaufsieg. Grandios. Wir sollten aus den winterolympischen Erfahrungen lernen. Unsere Schulen müssen

alle in Sportschulen umgewandelt werden. Dem Schlitt-
schuhgymnasium und der Fußballklasse gehört die Zukunft. Zum Runden und Tore zählen reichen Grund-
rechenarten, und die Worte Sieg, Gewinner und Medail-
le lassen sich leicht lernen, lesen und verstehen. Steht
doch bald die Fußballweltmeisterschaft in Japan vor der
Tür. Dann werden wir alle zu einem Volk von Fußbal-
lern. Wenn wir dann noch Weltmeister werden, wollen
auch die Finnen nicht mehr lesen.

Die Grand-Prix-Lou

Zu alt, zu fett, zu hässlich, findet sich Lou, die deutsche Bierzelt-Madonna. Stimmt. Nur alles ist viel schlimmer. Lou, Lou, klingt wie Tingeltangel aus vergangener Zeit. So muss sich eine Vierzigerin, deren künstlerisches Vorbild Pumuckel und die Augsburger Puppenkiste zu sein scheint, nicht wundern, wenn man mit Altbackenem - Song und Performance erinnerten an die Zeiten des Hamburger Fernsehballetts der 60er Jahre -, beim Grand Prix 2003 nicht für voll genommen wird. Wobei diese Darbietung noch zu freundlich beurteilt wurde. Eigentlich hätte es heißen müssen: Germany null Punkte. Hoffentlich quält uns Produzent Siegel nicht weiter mit seinem blubbernden Klanggebräu aus der Schlagermottenkiste.

Bundesliga, Bundeskanzlerkandidat und Bundestagswahlkampf

(Interview mit Herrn Stoiber, Herrn Ruge und Herrn Westerwelle)

Herr Stoiber, wie fanden sie den 3:1 Sieg des FC Bayern im Münchner Lokalderby gegen die Löwen?

„Äh, über 4 Millionen Arbeitslose konnten in ganz Deutschland einen grandiosen Sieg der, äh, des FC Bayern an den Bildschirmen miterleben. Und ich sage ihnen ausdrücklich, es ist ein Skandal, in Bayern gib es keine Arbeitslosen. Nein, ich korrigiere mich. Was ich sagen wollte, der Skandal sind die vier Millionen in den SPD-regierten Ländern, Arbeitslose, die der Schröder... (Wird von der nächsten Frage unterbrochen!).

Wie beurteilen Sie die Leistung von Michael Ballack, dem Neu-Bayern, der an allen drei Toren beteiligt war?

„Ja, der Ballack, der war sicher der Schüsselspieler, äh der Schlüsselspieler dieser Partie, er nimmt die zentrale Position so wahr, wie sie in meiner Mannschaft der Lothar Späth wahrnehmen wird, der die über 4 Millionen Arbeitslosen, die die Regierung Schröder zu verantworten hat, in den Griff bekommen wird, wie der Ballack das 60er-Mittelfeld. Vielleicht sollten wir (bruddelt leise vor sich hin) den Ballack, statt den Späth...

Herr Ministerpräsident, können Sie uns noch etwas zur Schiedsrichterleistung sagen?

Also, da sage ich lieber nichts zu (Herr Stoiber wird leicht zornesrot), aber wenn der so weiterpfeift, dann ist der bald arbeitslos und das hat dann auch noch der Schröder zu verantworten, der ja jetzt schon über 4 Millionen Schiedsrichter in die Arbeitslosigkeit getrieben, äh Arbeitslose, äh 4 Millionen Menschen. Iiiiiich weiß von was ich rede, ich war, d.h. meine Eltern waren viel ärmer als die vom Schröder, der hat doch von Arbeitslosigkeit keine Ahnung, der Herr Bundeskanzler. Die Kompetenz ist in meinem Team und nicht beim Schiedsrichter, äh, Schröder, der ja ständig seine Mitspieler auswechseln muss...

Interviewer: **„Ich wollte nur etwas zum Schiedsrichter..."**, stellt sofort die nächste Frage.

Eine abschließende Frage, Herr Stoiber, wie erlebten Sie die Begeisterung, die im Münchner Olympiastadion herrschte?

Ich kann Ihnen versichern, und ich bin ja, wie allgemein bekannt ist, ein, wenn es mein Amt erlaubt, ständiger Stadiongeher, so eine tolle Stimmung von vier Millionen Arbeitslosen, die die Regierung Schröder zu verantworten hat, habe ich noch nicht erlebt, seit ich beim FC Bayern bin. Ich glaube ich kann sagen, einmalig, pfundig, ja bärig diese Arbeitslosen, äh Zuschauer.

Herr Stoiber, wir danken Ihnen für dieses Gespräch.

Moment, da möchte ich noch was ergänzen. Wenn der Schröder meint, dass er mit den vier Millionen Arbeitslosen den Sieg bei der Bundestagswahl erringen kann, da hat er sich so verrechnet wie die 60er, bei denen der Häßler so blass agiert wie der Riester im Kabinett

Schröder. Ich kann nur noch mal betonen, ob 1:3 oder 4 Millionen, was macht das für ein Unterschied, 4 Millionen bleiben 4 Millionen. Der Schröder hat an den vier Millionen nichts ändern können, vier Millionen, vier Millionen, stellen Sie sich das einmal vor... so ein Ergebnis.

Ja, ja, nochmals vielen Dank Herr Stoiber.

Ach, Herr Ruge, Sie wollten auch noch was zum Spiel sagen. Bitteschön.

Schschöes Spie. viellecht, ewa zu schnell für die beiden Kontrahenen, der Herr Schoiber isss ja eher langscham und der Schschröde kann nichnich scheller. Iisch schabe keien Unerschie zschischen den beiden Mannschaften, äh Kandidaden geschehen, schschrschr schrschrschr...

Vielen Dank Herr Ruge, das war sehr aufschlussreich.

Herr Westerwelle, nun zu ihnen, wie hat Ihnen denn das Spiel gefallen?

Ich hatte viel Spaß an den netten Jungs auf dem Rasen. Das war doch alles sehr hübsch und hat allen gut gefallen. Vor allem die bunten Trikots und der schöne grüne Rasen. Ich hatte jedenfalls sehr viel Spaß, deshalb weiß ich gar nicht, warum sich der Stoiber so über die Arbeitslosen aufregt. Wenn wir mitregieren, werden wir die Arbeitslosigkeit auf 18% bundesweit begrenzen. Aber wir wollen uns jetzt noch nicht festlegen... (kichert vor sich hin).

Herr Westerwelle, können Sie nicht ein bisschen konkreter werden?

Bin ich denn nicht konkret genug, wenn ich sage, dass ich Kanzler werden will. Wir, meine Parteifreunde und ich, sehen da durchaus große Chancen die zukünftige Politik zu bestimmen. Wir wollen den Menschen in unserem Lande nur Freude bringen, d.h. Steuern senken... Ach ja, warum muss das alles so bierernst sein?

Ich meine das Spiel, Herr Westerwelle.

Welches Spiel denn? Die Bundestagswahl ist doch kein Spiel, da wollen wir mit vollem Ernst unsern Spaß haben, d.h. wenn ich sehe wie sich der Möllemann zuletzt über den Friedmann so aufregen musste, dann sollte doch jetzt mal wieder mehr Freude und Spaß in unsere Partei einkehren... (summt die Melodie „Ich will Spaß, ich will Spaß...").

Vielen Dank Herr Westermann und grüßen Sie Herrn Möllewelle von mir.

Zwei Voll... und ein Nuschler bruddelt der Interviewer und geht spaßlos-fluchend davon.

Vor-EM-Splitter

27. **Mai 2004**: Die Truppe hat sich im Schwarzwald versammelt. Jetzt kann´s losgehen mit dem Üben. Obwohl die Fußballmacht Malta mit 7:0 deklassiert wurde, ist die öffentliche Stimmung uneuphorisch. Kaum einer traut den deutschen Ballspielern in Portugal was zu. Wir werden uns noch alle wundern (zumindest die in Bern).

28. Mai 2004: Erste Mutmaßungen und Überraschungen führen bereits zu gesteigerten Hoffnungen. Lehmann wird wohl die Nr. 1. Der kann den Ball direkt per Handabschlag ins gegnerische Tor werfen. Kahn ist indisponiert und hat nichts Gleichwertiges zu bieten. Skibbe soll in geheimer Mission unterwegs sein. Nowotny dreht immer mehr auf, macht den Platzwart mit „Beinschüssen" lächerlich. Er soll wieder so schnell sein, dass er dem Rudi sogar den Stinkefinger zeigen kann ohne mit unmittelbaren Sanktionen rechnen zu müssen. Die lahmen Holländer und drögen Tschechen werden sich die Augen reiben, wenn unsere „Innenzange" zukneift. Rheuma-Kai und Lager-Koller sollten gleich ... („Ihr könnt nach Haus fahrn, ihr könnt nach Hause fahrn...").

2. Juni 2004: Ein weiteres Testli wird heute den Schweizern das Fondue verhageln, wenn sie von den Germans beim Wunder von Basel einen, ach was, fünf bis sechs Pflümli eingeschenkt bekommen. Da werden Fredi und Kevin (...allein im Strafraum) den Schweizer Käse kräftig durchpusten. Jammer-Ballack und Strategie-Hamann werden die Kugel so treten, dass Köbi K. der Angstschweiß so heiß übers Gesicht rinnt als wär`s Raclett.

3. Juni 2004: Was macht Skibbe? Laufwege von Uwe Seeler studieren? Hinterfotzige behaupten, er hätte bei Fritz Walter angerufen und nach dem Befinden gefragt. Netzer soll auch schon mit dem Lauftraining begonnen haben. Der hat nach seinen journalistisch verbrämten Frechheiten sowieso keine Chance bei Rudi (Ratlos?).

4. Juni 2004: Ich habe mich bei der Nominierung des deutschen EM-Kaders gewundert, dass Berti Völler (Oder ist nicht Rudi Ribbeck zur Zeit die Nationalträne?) risikofreudig auf die Jugend setzt, und dass er nicht doch noch Ramelow bekniet, auf den EM-Zug aufzuspringen, weil dessen sachliche Art die draufgängerische Spielweise eines Fredi Bobic relativieren würde, quasi als Korrektiv. Richtig war auf jeden Fall die Berufung von Ziege, wegen der Stimmung ("Ziege in den Stall"). Der Junge spielt zwar kaum noch Ball, ist aber sehr lustig, was wesentlich fürs Betriebsklima ist. Zum Glück ist Nowotny wieder fit, dessen Belastungs- und Schnelligkeitswerte aus den WM-Tagen von 1990 sind immer noch tip top. Aber ich will nicht kleinlich sein, vermutlich ist auch der Jens kabarettistisch veranlagt.

Politische Zeitenwende?

Das, was Bundeskanzler Schröder unter der Politik der ruhigen Hand versteht, war bei Altkanzler Kohl die Politik des ruhigen Arsches. Nämlich, Probleme bräsig aussitzen.

Fernseh-Zeiten

Am Wochenende lief jeweils zur besten Sendezeit und auf allen Kanälen „Stirb langsam eins" und „Stirb langsam zwei". Bei Pro 7 in der klassischen Besetzung mit Bruce Willis, bei den anderen Sendern mit einem Hauptdarsteller namens „Karol Wojtyla". Gelungenes Timing für Fernseh-Zeiten.

Rechtschreibreform

Bundespräsident Horst Köhler ist eine Wurst.
Falsch!
Bundespräsident Horst Köhler ißt eine Wurst.

(Anlässlich des Deutschen Turn- und Sportfestes in Berlin aß Bundespräsident Horst Köhler eine Wurst)

Rätsel-Zeit oder wer wird der neue Papst?

(Lösung ganz unten)

Habemus Papam. Der Auserwählte tritt auf die Pergola, die Meute singt: „Es gibt nur ein Rudi Völler, es gibt nur ein Rudi Völler...".

Habemus Pampers. Ein nacktes Männlein nur mit einer Windel bekleidet erscheint frierend auf einem Balkon. Ist das Jesus?

Habemus Opam. Joseph R., die alte Reblaus im Weinstock des Herrn, kommt heraus und nennt sich fortan schelmisch Benedict.

Habemus Faustum. „Habe nun, mit Ach und Krach, in ständigem Bemühen Theologie studiert." Fünf. Setzen! Pisa lässt grüßen. Der kann's nicht sein.

Skarabäus Papam. Die Verwandlung. Vom K. zum P., vom J. zum B. Mein lieber Scholli, äh Käfer. Nein, Gregor heißt der Neue nicht! Gelobt sei Franz K.

Habemus oder Apfelmus. That is the question. Konklave oder Konvex? Wie es euch gefällt. Aber bitte mit Soutane.

Lösung: Es ist der Papa-Razzi.

Ein Kommen und Gehen

(All the world′s a stage)

Papst kommt, Teufel geht. Ursache und Wirkung? Besteht da tatsächlich ein Zusammenhang? Musste es so kommen? Ist es die Kraft, die beides will und eins nur schafft? Joseph und Erwin. Soutane und Anzug. Bayer und Schwabe. Rom und Stuttgart. Professor und Realschüler. Der eine hat schon, der andere will noch -studieren. Joseph R. muss mit 78 Jahren plötzlich Benedict heißen und weiterarbeiten. Ein Skandal? Nein, denn der Papst kriegt immer lebenslänglich. Der Teufel darf mit 65 Jahren nicht mehr ran. Ein Verlust? Nein, sagt ein Herr O. aus S.

Kinder an die Macht, forderte Herbert G. schon vor langer Zeit. Endlich hat er hymnisch-himmlisches Gehör gefunden. Trau keinem unter 70, dachten die Kardinäle in der Konklave und machten den Rebstock zum Gärtner des Herrn, während der Teufel mit 65 schon abgewirtschaftet hatte. Himmel und Hölle. Andere Halbwertzeiten. Kalt und Heiß. Bequemlichkeit und Schweiß. Klerus und Erwin. Der Teufel ist müde, aber er ist schlau genug und geht erst einen Tag später als vereinbart. Gottes Stellvertreter lächelt.

Ein „Sommermärchen"

9. **Juni 2006** Tag des Eröffnungsspiels der 18. Fußballweltmeisterschaft. Bei mir keinerlei Nervosität. Warum auch? Deutschland wird mal wieder nach einem öden Spiel gewinnen. Künstlichen Nationalismus bauen derweil nur die Medien auf. Spielt Ballack? Was macht seine Wade? Es gab noch nie ein solches Medieninteresse an einem derart uninteressanten Körperteil. Ob Ballack oder Borowski, das ist doch schnurzpiepegal! Richtig traurig ist nur eine Nachricht: Der französische Ballkünstler Micoud spielt nicht mehr in Deutschland.

Seppi und Franzi, Gröni und Claudi, Schweini und Poldi haben die WM eröffnet. Die Leichtfüßigkeit und Offenheit, die Gröni nach der Eröffnungsfeier etwas ironisch den Deutschen im Interview bescheinigte, blieb jedoch im anschließenden Eröffnungsspiel aus. Ich will ja nicht meckern - immerhin vier blitzsaubere Tore gegen Costa Rica ist nicht schlecht. Und offen waren wir auch - vor allem in der Abwehr. Der wenig leichtfüßige Friedrich hat sich in diesem Spiel schon mal locker in die „Schlecht- of-2006-Auswahl" gespielt. Den Ehrenplatz hat er so sicher wie Frankfurt, das mit seinem Rumpelacker und dem zu tief hängenden Videowürfel das mit Abstand schlechteste WM-Stadion stellt. Eine einzige Fehlplanung, dieser Fußballkasten. Bei Regen schüttet es Wasserkaskaden aufs Feld, und wenn die Sonne scheint, kann man vor lauter schattenwerfenden Verstrebungen nichts erkennen. Für wen und für was ist dieser Sportplatz eigentlich nütze?

Ab der 65. Spielminute bin ich spazieren gegangen, weil das Wetter schöner war als das deutsche Spiel. Wenn die Sonne lacht und die Vögel zwitschern und keine Sau auf der Straße ist, macht ein einsamer Spaziergang mehr Freude, als dem deutschen Gewürge auf grünem Rasen via TV-Übertragung beizuwohnen. Später trat Polen in Aktion. Furioser Start. Weit lebhafter als das vorher Gesehene. Der Unterhaltungswert deutlich im Plus. Dazu hat im Laufe des Spiels immer wieder Ecuador beigetragen. Zunächst etwas bräsig, dann immer flotter und sehr ballversiert. Zwei schnörkellose Tore. Ecuador im Freudentaumel. Gute Leistung, aber nicht weltmeisterlich.

10. Juni 2006, England-Paraguay: Ein erster fußballerischer Höhepunkt? Denkste! Die Engländer konnten nicht besser, weil sie zu wenig zu trinken bekamen, wie man später erfuhr. So mussten sie mit einem Eigentor von Camarra gewinnen, der an diesem Tage ebenfalls in die „Schlecht-of-Auswahl" gehörte und einen Klops nach dem anderen ablieferte. Aber die Engländer waren sehr glücklich über diesen öden Sieg, vor allem deren schwedischer Trainer Eriksson. England stand in der Abwehr und war im Mittelfeld gut organisiert, im Sturm jedoch völlig harmlos. Wenn Lampard nicht das ein oder andere Mal aufs Tor geschossen hätte, hätte ich gar nicht gewusst, warum ich da zuschaue. Bei Paraguay hat man den Eindruck, dass die möglichst schnell wieder nach Hause wollen, außer Valdez, aber der lebt ja die meiste Zeit in Deutschland. Seit neuestem muss er in Dortmund leben - wie langweilig. Hoffentlich geht das nicht so wie mit Ailton bei Schalke. Als der Gelsenkirchen das erste Mal sah, weinte er bitterlich.

18:00 Uhr: kam die Unterhaltungsbombe schlechthin. Schweden gegen T&T. Sie spielten wie TNT. Leidenschaft pur beim ersten WM-Einsatz von Trinidad und Tobago. Und was für eine Freude nach dem erkämpften und erspielten 0:0 gegen ein ordentlich spielendes Schweden, das in der Torchancenauswertung versagte sowie mit einem überheblichen Ibrahimovic ein Handikap mit sich herumschleppte. Nun ist dunkle Stimmung in Schweden, aber das sind die Nordvölker ja gewohnt. Dort ist eh immer Nacht.

21:00 Uhr: der bisherige Höhepunkt dieser Weltmeisterschaft. Drogba und Konsorten gegen Crespo, Riquelme und Maradona, der allerdings auf der Tribüne saß. Bei Maradona hat man den Eindruck, der steht immer unter Koks, was ja zum Ruhrgebiet passt. Apropos Drogen, also beide Mannschaften spielten wie gedopt. Die Elfenbeinküste spielte einen klasse Fußball, wenn nur die Afrikaner nicht solche Probleme mit dem Tore schießen hätten. Außer Drogba kaum Gefahr. Die Argentinier präsentierten sich wie erwartet als reife Truppe. Phantastisch ihre Lenkung des Spiels. Dennoch hatten auch sie immer wieder Probleme mit ihrem Gegner. Aber Argentina hat noch Messi in der Hinterhand, dann werden die fast unschlagbar. Großer Fußball. Beide können weiterkommen, wenn da nicht noch Hollandaise wäre. Total erschöpft nach Fußball total. Auch Schweinchen Schlau, Künstlername Waldemar Hartmann, mit seinem überflüssigen Vierer-Stammtisch, kann da nicht für Linderung sorgen. Harald Schmidt sollte im Sommer einfach mal die Fresse halten, Heiner Lauterbach sein Bein im Starnberger See baumeln lassen und Paule Breitner seine Sechser-Theorien seinem

Friseur erzählen. Zumindest sorgt das öde Fußballquartett für ruhigen Schlaf.

11. Juni 2006, 15:00 Uhr: Endlich wieder Fußball. Oder doch lieber Nadal gegen Federer? Nun unsere Käse- und Tomatenfreunde aus dem Nachbarland gegen unsere SM-Liebhaber. Oder Feinde? Nein, Freunde zu Gast bei Freunden in Sachsen. Sehr heiß in Leipzig. Eine Hälfte des Spielfelds war zumindest einsehbar. Alles andere blieb im Dunkeln, obwohl aus diesem Dunkel hin und wieder Spieler auftauchten, mit denen man gar nicht mehr gerechnet hatte. Das Spiel lief von holländischer Seite sehr kontrolliert ab. Bis auf Robben, der immer wieder aufmuckte und den Alleinunterhalter spielte. So fiel auch das einzige Tor des Nachmittags durch Robben. Die Holländer zeigten der Viererkette die Grenzen. Zwischen die beiden Innenverteidiger hatte sich Robben geschlichen und ging nach einer Steilvorlage ab wie Schmitz' Katze. Souverän schob er am Serben vorbei den Ball ins Tor. Serbien, Monte und Negro mühten sich redlich, aber unauffällig. Am interessantesten blieb die Tatsache, dass der holländische Torhüter van der Saar, ohne sich groß zu bewegen, ständig von Wadenkrämpfen geschüttelt wurde. Von was wohl? Zuviel Wacholderschnaps am Vorabend gesoffen? Oder hatte er nur seine Stützstrümpfe nicht angezogen? Viele offene Fragen.

18:00 Uhr: Mexiko gegen den derzeit wichtigsten Feind der westlichen Welt Uran, äh Iran. Hoffentlich ein klarer Erfolg für Mexiko, hatte die deutsche Politik schon im Vorfeld gehofft, damit Ahmadinedschad hier nicht zum Achtelfinale auftaucht. Und der Iran tat ihnen den Gefallen. Deutlich unterlegen hielten sie lange Zeit ein Unentschieden, das ihnen der Mexiko-Sanchez mit seinem Bauchklatscher aus dem Freibad ermöglichte. Aber dann avancierte der Iran bereits jetzt zur trottligsten Mannschaft dieser WM und wird ziemlich schnell nach Hause fahren müssen. Aus einem Freistoß für den Iran wird ein Tor für Mexiko. Unter Mithilfe von vier schlafmützigen Iranern gelingt Mexiko, was sie mit eigener Anstrengung nicht geschafft haben, und kurze Zeit später verpasst ein mexikanischer Zwerg mit einem Kopfball, ja mit einem Kopfball, dem Iran den völligen Knockout. Angesichts solcher Trampeligkeit wird sich Ayatollah Khomeini im Grabe rumdrehen. Wenn sich der Iran mit seiner Atomkraft ähnlich anstellt wie seine Fußballnationalmannschaft, dann Gnade uns Gott, Mohamed oder Buddah.

21:00 Uhr: Portugal unterjocht Angola ein zweites Mal. Etwas kläglich zwar mit 1:0, aber immerhin. Angola einmal zu langsam und schon ist es passiert. Der alte Figo überrumpelt mit einem Bauerntrick den noch lahmeren angolanischen Defense, schubst den Ball zu Pauleta, und schon stehts 1:0. Unglaublich, dass ein so langsamer Spieler wie Figo einem Verteidiger auf einer Laufstrecke von zwanzig Metern zehn Meter abnimmt, unfassbar. Darüber habe ich den ganzen Abend gegrübelt, so dass der Rest des Spiels nur schemenhaft an mir vorbeizog. Afrikanischer Fußball ist insgesamt nicht schlecht, aber Tore erzielen, eine Hauptaufgabe dieses Spiels, ist ihr Ding nicht. So können wir noch weitere hundert Jahre warten, bis eine afrikanische Mannschaft einmal Weltmeister werden sollte.

Was nach den ersten drei WM Tagen auffällt, sind drei Dinge: 1. Den meisten Mannschaften scheint eine Unachtsamkeit des Gegners zu reichen, um zu gewinnen. 2. Viele Spieler straucheln auf dem Platz, rutschen weg. Liegt's am WM-Rasen oder am falschen Schuhwerk? Und 3. Viele WM-Stadien sind tagsüber nicht fernsehtauglich. Der Schattenwurf lässt vieles im Dunkeln.

12. Juni 2006, 15.00 Uhr: Trotz beachtlicher Hitze ein totales Engagement der Japaner und Australier. Australien als Turnierneuling zeigte eine imposante Leistung und ließ sich auch durch ein irreguläres Tor nicht irritieren. Der ägyptische Schiedsrichter wird das Endspiel sicher nicht leiten. Phantastische Schlussviertelstunde mit Torchancen auf beiden Seiten. Das bessere Ende gab es für die Ausis, die alles riskierten und alles gewannen, dank Cahill. Drei Tore in 15 Minuten müssen erst mal erzielt werden. Gus Hidding machte dreimal den Hammer. Das Spiel ist aus! Aus! - Australien!

18.00 Uhr: Das wird ein schöner Fußballtag. Tschechien gegen USA. Das Spiel hat Rasse und Klasse, wie erwartet. Und dann sorgte Koller mit seinem Wuchtkopfball für Euphorie. Sagenhaft. 2 x Rosieczki Torschuss, Schlenzer, super.

21.00 Uhr: Italien-Ghana. Das einzig Trübe an diesem wunderschönen Fußballtag waren die doofen Fragen von ZDF-Kerner an Pele. Ob die Brasilianer nicht gerne unsere Nummer 2, den Olli im Tor hätten? Der fußballtumbe Kerner scheint noch nichts von Dida gehört zu haben. Das war selbst dem Klopp zu viel. Er fand die Frage unfair. Überhaupt sollte es Kerner untersagt sein, Fragen zu stellen und Gespräche zu führen. Das plumpe Anbiedern an Pele („ein großer Mann", dabei ist dat Kerlchen relativ kleen) ist überpeinlich. Und dann soll der arme Kerl auch noch alle deutschen Nationalspieler loben. Beispiel: Na, Herr dos Santos, aber der Podolski, der ist doch Klasse, was? Was soll der brave Gast da antworten? „Die Gurke dürfte an der Copa Cabana nicht mal die Torstangen halten." Die Nervensäge Herr K. sollte am Potsdamer Platz im U-Bahnschacht einbetoniert werden oder zumindest sollte man ihm für die WM-Zeit ein Schweigegelübde abverlangen.

Übrigens wurde Italien, das Deutschland im Halbfinale den Garaus durch ein Tor von Fabio Grosso gemacht hatte, Weltmeister. Die Italiener schlugen zum Schluss in der Berliner Bundesmetropole Frankreich im Elfmeterschießen. Janz Italien uff Wolke sieben, wa!

Deutschland schnappte sich den dritten Platz gegen Portugal, die sich von den Deutschen düpieren ließen. Bei diesem letzten Spiel wurde nochmals der Titan „Kahn" von Klinsi und Löw ins Tor beordert. Widersacher Lehmann, der Deutsch-Londoner, machte aus Fairnessgründen Platz für seinen neuen „Freund" Oliver. Sie sind alle so nett, unsere Jungs.

Deutschland sucht den Superstar! Bei der abschließenden Freudenparty am Brandenburger Tor in Berlin durfte Podolski vorsingen. Zum Glück war Dieter Bohlen nicht anwesend. Podolski's Gesang erinnerte an seine Spielweise, meist wirr, mit falscher Intonierung.

Zur Nichtwahl von Lothar Bisky

Die Nichtwahl von Bisky zum stellvertretenden Bundestagspräsidenten u.a. damit zu begründen, er führe die Nachfolgepartei der SED an, wirft ein bezeichnendes Licht auf die „Christdemokraten". Parteihistorisch von Unrat und Widerwärtigem befleckt, versucht die CDU ihr schäbiges Verhalten demokratisch zu legitimieren. Mit SA-Schröder als Außenminister, Nazi-Kiesinger als Bundeskanzler und einer tiefen Spur von Korruption und Steuerhinterziehungen in der Ära Kohl hinter sich herziehend, selbstgerecht Moral einzufordern, ist einfach unappetitlich. Gysi könnte durchaus recht haben, wenn er sagt, der biographische Fehler Biskys ist, er war kein Nazi.

Berlin-Marathon - im Rausch der Schamlosigkeit

In den Eventrausch des 33. Berliner Marathons mischt sich Ekel. Der Startbereich, zwischen Brandenburger Tor und Siegessäule, zerschneidet den Tiergarten in zwei Toiletten- und Abfallzonen. Kurz bevor die „Runner" ihren Egotrip über 42,195 Kilometer absolvieren, muss unnötiger Ballast von ihnen abfallen. Jetzt zeigt der Marathon-Mensch sein wahres Gesicht - den blanken Arsch. Was an Sekreten aus- und an Müll in den märkischen Sand abgesondert wird, lässt den teilnehmenden Beobachter erschauern. In meinem ganzen Leben habe ich noch nie eine solche Masse enthemmter und schamloser Menschen gesehen wie bei den „Startvorbereitungen" im Tiergarten. Da wird im Duett gesch... und im Dutzend gepi...; was der Sportkörper eben so rauslässt. Auch Kleidung und andere Abfälle werden entsorgt, die teilweise von Menschenhand gesammelt als Armutsmüll den Tiergarten wieder verlassen, während sich 30.000 Wohlstandsläufer in den Straßen von Berlin feiern lassen.

Deutschland am Abgrund

Die nationale Existenzkrise hat bereits Ausmaße erreicht, die unsere Politikheroen zwingt, sich zu nachtschlafender Zeit im Kanzleramt zu treffen, um das Schlimmste abzuwehren. Warum treffen die sich eigentlich nicht tagsüber? Bis zwei Uhr frühmorgens legten sich die Hubers, Becks und Merkels bedeutungsschwanger ins Zeug, tagten und berieten, um dann vor die in finsterer Nacht ausharrende Reporterschar zu treten und zu verkünden, was eigentlich schon Tage vorher klar war: Für Alte wird ALGI länger gezahlt.

Was macht solch ein Nachtgedöns für einen Sinn? Weil unsere politische Elite sich sogar nachts für Otto Normalverbraucher den Arsch aufreißt. Geschenkt. Wahrscheinlicher ist, dass die Ergebnislosigkeit solcher Treffen im Dunkel der Nacht weniger sichtbar wird. Oder die Kanzlerin kann nur nachts, weil sie tagsüber im Ausland lebt?

Fachkräftemangel

Das Gejammer der deutschen Wirtschaft über den Fachkräftemangel ist typisch, um vom eigenen Versagen abzulenken. Erst wollen die Unternehmen nicht ausbilden, dann entlassen sie Fachkräfte und hinterher wundern sie sich, dass es einen Fachkräftemangel gibt. Solang die deutsche Wirtschaft solche Versagensszenarien bietet, wird sich nichts ändern. Gerade diejenigen, die immer vom Wettbewerb schwätzen, schreien als erste nach dem Staat. Dass die Politik sich diesen Versagensschuh überstreift und nun bereits im Kindergarten die Fachkräfte bilden will, ist eine amüsante Fußnote.

„Daniel Düsentrieb" - deutsches Kind in schöner neuer Welt

Turbo ist das Wort der Stunde im höheren deutschen Bildungswesen. Neben Turboabitur sollen Turbostudienabschlüsse für Beschleunigung im nationalen und globalen „rat race" sorgen. Die Maxime: nach Bachelor für gesellschaftlichen Mehrwert sorgen. Nur, was Ratten im Laborversuch stupid macht, könnte den neuen, schnellen und superschlauen Menschen ebenfalls irritieren. Aber bitte kein übertriebener Pessimismus, denn es gibt ungenutzte Zeitpotentiale.

Unsere Schlappschwänze in den Kindergrippen, -horten und -gärten könnten bereits zwei Fremdsprachen lernen, Berufs- und Auslandserfahrung sammeln, wenn sie sich nicht so gehen ließen. Doch die wollen immer nur spielen. Mit zehn Jahren sollte locker das Turbo-Turbo-Abitur abgelegt werden, um zwei Jahre später zum Bachelor of Kurz zu reifen, damit mit 14 ein Master of Trallala hinzukommen kann, falls der junge Mensch zur besonderen Begabungsreserve zählt. Unter zwanzig müsste für die Wissenselite der „Dr. flink" locker zu machen sein, während weniger begabte Zwölf- und Vierzehnjährige mit Hochschulabschluss „on the job" der asiatischen und amerikanischen Konkurrenz ordentlich den Marsch blasen. Wie Dipl. Ing. Düsentrieb würden sie Denkkappen und Intelligenzstrahlen erfinden, der deutschen Wissenschaft und Wirtschaft völlig zum Durchbruch verhelfen. Die internationale Konkurrenz müsste durch ein überlegenes deutsches Bildungssystem ihre Niederlage eingestehen.

Zwei Tage im 21. Jahrhundert

Dienstag, 31. Juli 2008: 212. Tag im gregorianischen Kalender, ansonsten leicht wolkig und sehr sonnig. Die Schweizer Nachbarn rüsten zum Nationalfeiertag. Auf den Kanaren brennt der Wald und im Orient zündelt Brandstifter Busch mit seinen Waffenverkäufen, während sandalentragende Afghanen Koreaner abmurksen. So spielt die Welt verrückter Juli-Dienstag.

Letzter Julitag. Patrick Sinkewitz steigt ab - vom Rad. Er wurde wegen Dopingvergehens vom Rennstall T-Mobile gefeuert. Nachwirkungen der „Tour de Farce", die in den letzten drei Wochen ganz Deutschland zu Dopingexperten machte. Warum deshalb der Milchpreis steigt, ist mir nicht ganz klar. Vielleicht sind viele Kühe auch gedopt und müssen jetzt ihren Stall verlassen. In den letzten Jahren gab es ja genug Futtermitteldoping-Skandale. Auch die Fleischindustrie möchte nun an die selbigen Töpfe. Sie giert nach Zulagen. Diese haben die Arbeitslosen bereits bekommen. Im Juli sind wieder 28.000 Menschen mehr arbeitslos als im Vormonat. Dafür soll der Soli-Zuschlag fallen, so zumindest sehen es die beiden Regierungsparteien CDU und SPD, die fiebrig nach Polit- und Wahlkampfthemen im Sommerloch schielen.

The show must go on. Für unterschiedliche Furore sorgen derzeit unsere Helden von Bühne und Celluloid. Tabori, Mühe, Bergmann, Serrault und Antonioni sind gestorben, während Marie Bäumer Triumphe als Buhl-

147

schaft im „Jedermann" in Salzburg feiert. Die Simp-sons-Family feiert derzeit nicht nur Kinoerfolge, son-dern ist auch bei „ebay" erste Wahl. Der Tagesslogan: „Die Simpsons bei ebay". Der Terminator Arnie wurde 60. Brad und Angelina wollen zukünftig in unserer Hauptstadt wohnen, obwohl schon Scientologe Tom als Stauffenberg durch die Metropole wabert. The biggest bang. Die Rolling Stones werden 130. Volksmusic-Ol-die Heino Hazelnut probt den Aufstand. Er will Fern-sehgebühren nicht mehr entrichten, weil ihm die doppel-te Dröhnung an Volksdudelei nicht mehr per TV gebo-ten wird.

Der Dax wird wieder frecher, was nicht nur die Geldbörsen der Kleinanleger jubeln lässt. Nach deutli-cher Flaute brüllt wieder der Stier, verschnupft flieht der Bär. Knut sei gegrüßt. Die Baisse is out, die Hausse is back. Bei Tognum brummt´s angeblich. MAN ist Ta-gessieger. Im bayrischen Fernsehen läuft anlässlich der steigenden Aktienkurse die beliebte Sendung: „Bergauf - Bergab". Das Magazin für Bergsteiger.

Das Wort zum Dienstag: **„Sprache ist mehr als Wor-te".***
Manche Sprachen werden nur noch von sieben Men-schen gesprochen. Das muss Deutsch sein.

---

*) Die MS Wissenschaft kam zum Jahr der Geisteswissenschaften mit der Ausstellung „Sprache ist mehr als Worte" am 31.7.2007 nach Dortmund in den Stadthafen.

Mittwoch, 1. August: Was für ein Tag - zumindest wettermäßig. Oh, Himmel, strahlender Azur, und die Schweiz feiert den Rütlischwur und die Eidgenossenschaft. Die „Rechthaberreform" tritt endgültig in Kraft. Tunfisch statt Thunfisch. Mahlzeit - und das ohne Promille, zumindest für Fahranfänger. Unsere orientalischen Sandalenfreunde drohen weiter mit Gewalt. Darfur soll im Sudan Frieden einkehren. So spielt die Welt Friedens-Mittwoch.

Endlich August. Nun rauchts nicht mehr in Baden-Württemberg, Niedersachsen und Meckpomm - zumindest nicht in den Kneipen. Die Hüterin der Stabilität wird 50. So sieht sie auch aus, die Deutsche Bundesbank, die zu D-Mark-Zeiten meist den richtigen Trampelpfad fand. Diesen suchen die 100 Jahre alten Pfadfinder immer noch. Ein gewisser Lord Baden-Powell erfand im vorletzten Jahrhundert diese zeltende Community mit ihren lustigen Ritualen. Täglich eine gute Tat. Außerhalb der Pfadfinderei sah in den 60er und 70er Jahren das tägliche Interesse anders aus: „Morgens einen Joint und der Tag ist dein Freund". Freund will CSU-Seehofer nicht mehr sein. So beklagt sich die von ihm geschwängerte Berliner Sekretärirn lässt kein Fettnäpfchen aus. Jetzt haetzt" in den Medien. Dagegen ganz oben auf klopft Condolenzia Rice auf den Busch und behauptet keck, Waffenlieferungen in den arabischen Raum dienen der Friedenssicherung und Terrorbekämpfung. Amen und Allah Akba.

Berlin ist beliebter als man denkt. Nun tummelt sich auch Steffi Graf im „Hauptstädtle". Unweit entfernt, in Hannover, ziehen die 96er ungedopt Real die Espadrilles aus und schicken die Schuster-Elf mit 3:0 Toren zurück nach Madrid. Internetanbieter ebay greift Plaste und Elaste an, wird so zum selbsternannten Trendsetter. Plaste adieu! I'm not a plastic bag. Währenddessen recherchieren im Australischen die Nachkommen von Kriminellen in Ruhe die Gräueltaten ihrer Vorfahren. Die ehemalige Knastinsel hat in dieser Hinsicht viel zu bieten. Dafür ist Rap-„Diddy"-Combs in hektische Panik verfallen, weil sein Maybach verschwunden ist.

Wie gewonnen, so zerronnen - sagt der Volksmund. Dies gilt auch für die Börsianer. Der Dax wieder auf Talfahrt. Da lacht der Bär. Ein Herr Murdoch kauft das Wall Street Journal. Eine Tiergazette der besonderen Art. Bulle und Bär, Pleitegeier und Raffzahn-Tiger sind die Themen.

Das Wort zum Mittwoch: **„Je älter man wird, desto mehr ähnelt die Geburtstagstorte einem Fackelzug".***

*) Aus „African Queen" bekannte US-Schauspielerin Katharine Hepburn (1907-2003)

Wir sind blöd!

Die Euphorie über die Ernennung des deutschen Kardinals Ratzinger zum Papst Benedikt den XVI. („Wir sind Papst") ist jetzt endgültig verflogen. Der oberste Hirte des Herrn lässt kein Fettnäpfchen aus. Jetzt hat er nicht nur den Holocaustleugner Williamson, sondern auch die unsäglichen Lefebvre-Vasallen der Piusbrüder rehabilitiert und damit nicht nur die katholischen Franzosen vor den Kopf gestoßen. Hat der Papst Alzheimer oder was hat ihn zu diesem Schritt getrieben? Das angebliche Vereinigungsgeschwurbel sorgt weltweit für erhebliche Irritationen. Herr, lass es Hirn regnen!

Zu Guttenberg, ein Freiherr „schlichterdings"

Neue infame Schamlosigkeit der politischen Kaste. In bekannter Schnoddrigkeit werden Ministerposten verlassen und flugs neu vergeben. Glos weg, Guttenberg her. Kompetenzlosigkeit wird durch selbige ersetzt. Oder Schlafpille durch Azubi, wie ein Oppositionspolitiker vermutete. Nach Seehofer ist von Guttenberg der Politikknüller schlechthin: „Er ist jung, er ist sogar sehr jung", faselte der Bayernkönig bei seiner Vorschlagsorgie. Jung ist natürlich Qualität pur. Was ihn noch weiter prädestiniert: zehn Vornamen, er kann gut mit Merkel und mit Seehofer, außerdem hat er sich schon in der eigenen Familienklitsche einen Namen gemacht. Er soll sein Schloss verwaltet haben. Huiuiui! Und das Wichtigste: Er ist ein „Transatlantiker". Am besten war aber die Eigenbewerbung. Die Art der Wirtschaftskrise sei so neu und unerforscht, dass da Fachwissen hinderlich und nur der gesunde Menschenverstand weiterhelfen könne. Das hat Klasse. Ja, alles tolle und wichtige Eigenschaften für den Job als Wirtschaftsminister. Genauso gut könnte man eine Wildsau, Verzeihung, von und zu Wildsau, zur Jägerin machen. Die hat es auch schon mal im Wald knallen gehört und gäbe eine gute Jägers(sau)frau. Hoffentlich wird es bei unserem Senkrechtstarter aus Franken nicht so, wie einst bei Rexrodt. Da lief die deutsche Wirtschaft am besten, als der in der Charité lag. Wer derart leichtfertig und fahrlässig verfährt wie unser politisches Personal, Ministerposten mit solcher Beliebigkeit verschiebt, der muss sich nicht wundern, wenn die politischen Ränder erstarken. Dieses undurchdachte Proporzpostengeschiebe ist einfach nur noch ekelhaft.

Freizeitpark mit Nazis

Diese ständigen Auseinandersetzungen mit denen von vorgestern, die außer dumpf-nationalem Gebrabbel nichts Konstruktives zu den Problemen unserer Zeit beizutragen haben, nervt erheblich. Immer wollen sie an irgendwelchen nationalen Fixpunkten demonstrieren, belästigen mit ihren einfältigen Parolen die Restbevölkerung, die ihnen nicht deutsch genug ist. Gewalt üben sie gegen alles Fremde aus, so dass man sie ständig unter Beobachtung halten muss, damit sie nicht noch größeren Schaden anrichten.

Ihr einfältig kleinprovinzielles Gehabe, ihre Vorurteile und Rassismen, ihre ängstlich-xenophobische Gedankenbrühe, ihre Blut- und Bodenphilosophie und ihre ständige Gewaltbereitschaft, dies alles könnten sie frisch, fromm, fröhlich, aber nicht frei, ausleben, in einem Freizeitpark mit Nazis. Wir sollten diese glatzigen Gesellen mit ihrem Faible für merkwürdige Runenzeichen und ihre etwas smarteren Kameraden, die sich in alte und junge Deppen unterscheiden, nicht über die ganze Bundesrepublik verteilen lassen, sondern in konzentrierter Form ihren Lieblingsbeschäftigungen nachgehen lassen. Man könnte sich einen Sammelpunkt in Mecklenburg-Vorpommern oder Brandenburg vorstellen, der zu einem Highlight für die Tourismusbranche in strukturschwachen Gebieten werden könnte. Es müsste ein etwas größeres Territorium sein, in dem gewisse autarke Lebensformen mit entsprechender Infrastruktur möglich wären. Ähnlich dem filmisch-fiktiven Jurassic-Park für Saurier-Tierchen, mit hohen unüberwindbaren

Mauern und Zäunen sowie entsprechenden Beobachtungsmöglichkeiten, um touristisch Interessierten die Bewohner dieses sozialen Experimentes, sozusagen die „Wesen von Gestern", prähistorische Mutationen, in „freier Wildbahn" zugänglich zu machen. Auf ihrem Territorium, das sie „Viertes Reich" nennen dürfen oder „Adolf-Republik", je nach Gusto, dürfen sie treiben was sie wollen. Sie dürfen ihre Felder bestellen, ihre Handwerksbetriebe gestalten, sich Parteihäuser bauen, in braunen Uniformen herumrennen, Hakenkreuze flaggen und mit solcher Symbolik ausgestattete Binden tragen, sie dürfen Aufmärsche gestalten, altes Goebbels- und Hitlerfilmmaterial anschauen, sie können sich besaufen und das Horst-Wessel-Lied grölen, einfach alles, was ihre kleinmütigen Herzen sich wünschen und was ihnen „draußen" nicht gestattet ist. Jeder, der außerhalb dieses Areals mit nationalsozialistischen Blödheiten auffällig wird, kommt automatisch in diesen Freizeitpark. Die deutsche Restbevölkerung genießt ihre neugewonnene Ruhe, darf endlich so deutsch sein wie sie will, und hat diese ständigen Ärgernisse, die auch noch Steuergelder verschlingen, endlich los.

In ihrem eigenen kleinen Reich könnten sich unsere verrückten kleinen Nazis richtig austollen. Jeden Tag geht es auf die Felder und Ställe zu Ackerbau und Viehzucht oder in die Werkstätten, um Handwerkszeug und landwirtschaftliches Gerät herzustellen, alles was in einem agrardominierten Naziland so gebraucht wird, während ihre blonden Frauen kochen, backen, stricken und Kinder gebären, damit es kleine HJ-Pimpfe gibt, die einem toten Vorbild, dem rachitischen Schwächling Adolf, nacheifern dürfen. Denn das Konterfei des rotz-

155

bremsigen Schwachkopfes hängt in allen Gebäuden des Freizeitparks, damit alles so authentisch wie möglich erscheint. Während die Möchtegern-Führer ständig Umzüge veranstalten, bei denen sie ihren steilen Gruß ungeniert entrichten können, laben sich die Zuschauer aus aller Welt auf den Aussichtsplattformen bei Speisen und Getränken, können, wenn sie Glück haben, diese makabren Veranstaltungen aus der Nähe beobachten, sich darüber austauschen und herzlich lachen, so als wenn sie in einem zoologischen Garten die spielenden Affen mit ihren drolligen Eigenheiten beobachten würden. Wer Lust hat, kann die skurrilen Lebewesen in ihrem Terrarium vom Sonnenauf- bis Sonnenuntergang bei ihren irrwitzigen Ritualen und Beschäftigungen beobachten.

Manchmal wird es auch bei Dunkelheit interessant werden, wenn sie sich zu ihren Fackelumzügen treffen. So könnte ein fröhlicher und unterhaltsamer Tag für Besucher der Anlage aussehen, der für jung und alt durchaus einen hohen Unterhaltungswert hätte. Um den Insassennachwuchs braucht man sich keine Sorgen zu machen, denn es wird immer entsprechende Trottel außerhalb dieses Territoriums geben, die das Führerprinzip zu schätzen wissen und sich gern in den Freizeitpark für Nazis einweisen lassen. Natürlich ist klar, dass man ihnen immer wieder auf ihre nationalgeilen Finger schauen muss, wie kleinen tapsigen Kindern, damit sie nicht zu viel Unfug anstellen.

Das Volk

Nach einer Emnid-Umfrage ist ein Drittel der ostdeutschen Bevölkerung ausländerfeindlich. Das kann man gut verstehen, denn im Osten wimmelt es nur so von Ausländern. Zwei Prozent beträgt der Anteil der ausländischen Mitbürger! Erklärt wird es damit, dass in der DDR die Menschen das Zusammenleben mit Ausländern nicht gekannt hätten. Jetzt hatten sie natürlich nur zwanzig Jahre Zeit, das zu üben, was zeitlich schon sehr knapp bemessen ist. Zwanzig Jahre nach Öffnung des Ost-Landes immer noch so eine Fremdenfeindlichkeit ist Wahnsinn!

Aber es wird noch besser: Die Hälfte der Bevölkerung in den neuen Bundesländern erinnert sich wohlwollend positiv an das Leben in der DDR. Das Leben hatte damals mehr positive Seiten. Mit den „paar Problemen" hätte man gut leben können. Massive Bespitzelung, Ghettoisierung des Landes, Todesstrafe, vergleichsweise hohe Alkoholismus- und Selbstmordraten, Mauertode, bankrotte Volkswirtschaft und ruinierte Städte, um nur einige „kleine Probleme" zu nennen. Da fragt man sich schon: Hat das Volk sie noch alle? Ostalgie ist ja ganz nett, wenn es sich um Spreewälder Gurken, Vitalade (Ersatzschoki der DDR) und Trabi handelt, aber die verklärte Sicht auf ein Unrechtssystem ist befremdlich und macht mürrisch. Aber so ist eben das Volk. Immerhin scheinen vierzig Prozent der Ostdeutschen mit ihrem jetzigen Leben zufrieden zu sein. Das ist ja auch schon mal was.

Festgehalten werden muss, dass es in den westdeutschen Ländern auch noch zu viele Fremdenfeinde und gestrige Figuren gibt, die meinen, mit untauglichen Modellen der Vergangenheit der Zukunft beizukommen.

„Wirtschaftskapitäne"

Die Forderung der deutschen Arbeitgeberverbände, eine weitere Assimilation der Hochschulen an die ökonomische Welt, wird zunehmend rigider und unter dem Deckmantel „Stärkung der Beschäftigungsfähigkeit" erhoben. Das, was der Präsident der Arbeitgeberverbände, Diether Hundt, forderte, ist die Unterwerfung an die „Nieten in Nadelstreifen", die sich als „Kapital-Kapitäne" der global orientierten Flotte verstehen. Das Drohszenario, im weltweiten Rattenrennen unterzugehen, wird zu gerne herangezogen, um den Bildungs- und Ausbildungsbereich unter die ökonomische Kuratel des Kapitals zu stellen und diesen interessengemäß zu instrumentalisieren.

Wem soll die Demutsgeste gelten? Wer sind die Leitfiguren und welche Qualitäten haben sie zu bieten? Bisher haben die Kapitäne der Wirtschaft nicht übermäßig viel zu bieten. Ihre Bezahlung entspricht häufig kaum den Leistungen, die sie erbringen. Millionengehälter und Abfindungen, nachdem das Unternehmen in Großmannssucht an die Wand gefahren wurde, irritieren nicht nur die Aktienbesitzer. Besser kann man die Leistungsideologie nicht entlarven. Die weltweite Finanzkrise machte zudem deutlich, wie unseriös in Banken gearbeitet wird, wo die Raffgier zum zentralen Steuerungselement zu zählen scheint. Die Möglichkeit des schnellen Profits ließ auch hier die marodierenden Profiteure das Ruder übernehmen. Selbst Staatsbanken blieben vor diesem Versagen nicht verschont. Die zuständigen Aufsichtsgremien innerhalb der politischen Klasse haben ihre Nutzlosigkeit unter Beweis gestellt, weil sie dem bunten, unregulierten Treiben tatenlos zusahen.

Weitere Mängel der „Wirtschaftselite" sind offenkundig. Insgesamt ist es der deutschen Wirtschaft bisher nicht gelungen, nur eine einzige Hochschule zu installieren, die nicht letztendlich doch am staatlichen Tropf hing. Ihr Versagen bei der Einführung eines Stipendiensystems á la USA ist sprichwörtlich. Eine Beschäftigungspolitik, die den Namen nicht verdient, sondern sich allein am Profit der Shareholder orientiert, hat über Jahre hinweg zu großer Verunsicherung auch bei Hochschulabsolventen geführt. Der beklagte Rückgang von Studienanfängern in den technisch-naturwissenschaftlichen Fächern ist Produkt einer verfehlten Personalpolitik der deutschen Wirtschaft, selbst wenn deren Apologeten die Schuld für die Misere den Hochschulen anzulasten versuchen.

Das Versagen der „Kapitäne" und deren schamlose Bedienungsmentalität ist beispiellos sowie ihr Anspruchsdenken.

Was ist? Und wünsch Dir was

Während Italien hinter einem „Bubentopf" (Jackpot) von rund 116 Millionen Euro her ist, landet ein kleiner ehemaliger Waffenschieber und Schmiergeldzahler namens Schreiber in Deutschland, der früher besonders die CDU mit Bargeld und Schweizer Konten in Deutschland versorgte. Diverse CDU-Größen gerieten in Verdacht, und der ehemalige Schatzmeister der Partei Leisler-Kiep vor Gericht. Über den damaligen Innenminister Schäuble sagte Schreiber einmal in seinem kanadischen Exil: „Den lasse ich in ein so tiefes Loch fallen, dass man den Aufprall nicht mehr hört". Respekt, Herr Schreiber. Nun sitzt Waffen-Schreiber, nachdem ihn die Kanadier ausgeliefert haben, in Augsburg in U-Haft. Währenddessen tourt ein gewisser Frank-Walter Steinmeier durch die Republik, will 4 Millionen Arbeitsplätze schaffen und Kanzler werden. Respekt, Herr Steinmeier. An dieses Wunder glaubt nur einer, der Herr Müntefering von der SPD. Glück auf! Dummdödelige Gymnasiasten werden per Verwaltungsgerichtshof endgültig von ihrer Schule geschmissen, weil sie einen jüdischen Mitschüler gemobbt und antisemitischen Käse von sich gegeben haben. Wer so blöd ist, hat auf einem Gymnasium auch nichts verloren. Das alles ist Deutschland im Jahr 2009.

Deutschland musste in seiner wechselvollen Nachkriegsgeschichte viel aushalten. Das Land wuchs trotzdem und die Menschen auch, sie sind im Schnitt größer und schwerer geworden. Wohlstandsmerkmale. Wobei das Gehirn oft nicht mitgewachsen ist. Wer beispielsweise der harmlosen Dumpfbacke Kübelböck zujubelt, muss entweder acht Jahre alt sein oder anderweitig bevormundet werden. Teilnehmer an Containerveranstaltungen oder Dschungelcamps und deren Zuschauer sollten geriatrische Untersuchungen über sich ergehen lassen müssen, denn Demenz ist eine ernstzunehmende geistige Veränderung.

Schalke 04 gerät wegen seiner Vereinshymne in die Bredouille, in der etwas über Mohammed den Propheten gesungen wird, was die von Berufs wegen beleidigten Muslime erregt. Was soll man sich da noch wünschen? Gelassenheit? Humor? Sarkasmus? Distanz? Abstraktion? Gewitztheit? Klugheit? Intelligenz! Mehr Integration ist doch kaum möglich, wenn Mohammed in Schalkes-Hymne die Vereinsfarben auswählen darf. Klugheit wäre vor allem in der Politik von Nöten. Hin und wieder - nicht immer - sollte an das Gemeinwohl gedacht werden, nicht nur an die eigene Karriere. Manager müssten, wenn sie Mist bauen, Verantwortung zu tragen haben und nicht mit Bonuszahlungen „bestraft" in den frühzeitigen Ruhestand geschickt werden. Wenn überwiegend Vernunft die Dummheit zum zweiten Sieger werden lässt, wäre viel gewonnen im Staat der Dichter und Denker.

Aber Deutschland hat auch schöne Seiten. Im Kinderkriegen sind die Deutschen Letzte. Gratuliere. Das sollte sich die Welt zum Vorbild nehmen. Auf 1000 Einwohner kommen acht Geburten, während in allen EU Ländern im Schnitt 11 Schreihälse auf die Welt kommen. Da bleibt es doch bei uns wenigstens schön ruhig. Die geringe Geburtenrate ist tröstlich, denn in

Deutschland werden Kinder immer wieder gequält, verwahrlost, verhungert oder verdurstet aufgefunden. „Denk ich an Deutschland in der Nacht..." - schlafe ich trotzdem meist ruhig.

Reisen mit der Deutschen Bahn

Auf einer meiner letzten Zugreisen, bestieg ich in Offenburg den ICE von Interlaken nach Berlin. Dieser Städteschnellverbindungszug, der u.a. in Mannheim, Frankfurt, Braunschweig und Wolfsburg Station macht, bot allerhand Interessantes und Kurioses. Im Bordrestaurant wurden Speisen angeboten, die deutsche Spitzenköche unter dem Motto „Spitzenköche kochen für Afrika" feilboten. Aktuell, im Monat September, kreierte eine Frau Poletto „Polenta mit Brasato", ein italienischer Rinderschmorbraten und eine Linsensuppe mit Aalhaut. Auch Huhn in Rotwein wurde kredenzt. Vom zu zahlenden Preis soll ein Teil für afrikanische Hilfsprojekte bereitgestellt werden. Da lässt sich der ICE-Gast nicht lumpen und frisst sich für Afrika die Wampe voll. Am Nachbartisch wurde nach der Devise, das bisschen Essen kann man auch trinken, ordentlich dem Franziskaner-Hefeweizen zugesprochen. Ob davon auch etwas nach Afrika abgezweigt wurde, ist mir nicht bekannt.

Apropos deutsche Spitzenköche. Im November kocht einer für Afrika, der gar nicht kochen kann. Aufgefallen ist dieser ausgiebig barttragende Herr Lichter in den Kochsendungen des Deutschen Unterhaltungsfernsehens eher als Zoten- und Witzeerzähler, weniger durch seine Kochkunst. Sein kochkünstlerisches Hauptanliegen ist Butter und Sahne, ansonsten spielt er den Kasper von Herrn Lafer, der bisher noch nicht in der Reihe Spitzenköche kochen für Afrika auftauchte. Aber das kann ja noch kommen. Vielleicht braten Lafer und Lichter demnächst eine Robbe (Lecker!) für die Inuit.

Nach dem Essen im ICE Bordrestaurant begann eine längliche Wanderung durch fast alle Waggons, weil mein Platz doch in einem Bereich lag, na sagen wir mal so: Der Zug kommt in Berlin Hauptbahnhof an, da ist mein Zugabteil leider noch in Berlin-Spandau. Aber der Rücklauf zum angestammten Sitzplatz war sehr unterhaltsam. Subjektive Empirie: Zwei Fünftel der Reisegäste schlafen, dösen oder Ähnliches, ein Fünftel besäuft sich und weitere zwei Fünftel führen wichtige Geschäftsgespräche oder hacken auf irgendwelchen EDV-Geräten herum. Fast alle Frauen lesen. Die Schläfer an Bord tun das häufig mit offenen Münder, was sehr lustig anzuschauen ist, manche wirken dabei wie Totenmasken. Der Zug der lebenden Leichen. Kurz nach dem ich in meinem Abteil angekommen war, erreichte mich folgende Durchsage des Zugpersonals: „Schnarr, Schnarr ... Sehr geehrte Fahrgäste. Wir bieten Ihnen an ihrem Platz Sex und Getränke". Hallo dachte ich, wer eine Reise macht, der kann was erleben. Kurze Zeit später wurde diese vielversprechende Ankündigung der Deutschen Bahn AG als Schwindel entlarvt. Ein nicht allzu attraktiver Mann brachte „Snacks und Getränke". Dankend lehnte ich ab, da ich ja bereits gegessen hatte.

Der Zug macht u.a. auch in Kassel-Wilhelmshöhe halt. Kurz vor dem Stopp im ehemaligen Umsteigebahnhof für die Weltausstellung in Hannover, gelangte folgende Durchsage an mein Ohr: „Schnarr, Schnarr, ... Verehrte Fahrgäste, in Kassel-Wilhelmshöhe steigt unsere Minibar zu." Hä? Hat die Minibar Beine? Oder kommt Django in den Zug, der in Pistolero-Manier Patronengurte um den Leib trägt, in denen dann kleine Schnapsflaschen oder ähnliches stecken? Wenig später die Aufklärung. Ein freundlicher junger Mann, der eine Art Sackkarre vor sich herschob, fragte, nach dem er die Abteiltür geöffnet hatte, meine Mitreisenden und mich, ob uns etwas an Kaltem oder Warmem läge. Nun warnte mich Mr. Minibar noch bei der Öffnung meines bestellten Mineralwassers Vorsicht walten zu lassen, damit ich das Kaltgetränk nicht über meine Reisebegleitung verspritze, was natürlich für allgemeine Heiterkeit gesorgt hätte.

Angenehm ist das Reisen in der „Zone repos", auch genannt „quiet zone" oder Ruhebereich. Eine Banderole weißt auf diese akustisch beruhigte Zone im ICE hin. Als in unserem Abteil ein Fahrgast nach erklingen seines Mobiltelefons mächtig Gesprächsbereit war, hob ein anderer Mitreisender den Finger vor den Mund, machte psst! und zeigte auf das entsprechende Symbol an der Abteiltür. Unser „Händischwätzer" murmelte eine Entschuldigung und verzog sich schnurstracks auf den Gang. Unter den zurückgebliebenen Passagieren im Abteil allgemeines Gegrinse, aber wieder wohltuende Reiseruhe, während der Akustikmüll anderorts durch den Äther rauscht. Für die vielen Business-Reisenden, die ständig wichtige Verhandlungen aus den fahrenden Zügen führen oder ihren doofen Mitarbeitern und Sekretärinnen ständig Anweisungen durchblasen müssen, sind die Ruhezonen der Deutschen Bahn sicherlich ein Gräuel, denn die deutsche Wirtschaft, ach was, die internationalen Volkswirtschaften stehen gerade vor dem Abgrund, wenn sie, die reisenden „Wirtschaftskapitäne", nicht sofort ihre zentralen und wegweisenden Botschaften an das zurückgebliebene Bodenpersonal, das nach Orientierung und Stoßrichtung lechzt, bringen können.

„Dr." zu Guttenberg

Mit welcher Nonchalance Minister zu Guttenberg seine betrügerischen Machenschaften
unters Volk bringt, ist mehr als unappetitlich.
Als wenn es sich bei dem erschwindelten Doktortitel um
einen Faschingsspaß handelt, wird das Unterschlagen
und Betrügen zum läppischen und lustigen Versehen
hochstilisiert. Anstatt in Sack und Asche zu gehen, tritt
der Freiherr geckig auf der Bühne nach vorn und verteilt
peinliche Schenkelklopfer unters Volk: Ich bin´s, das
Original, nicht das Plagiat. Der konservative Klüngel,
bei denen es ja häufig um die Ehre geht, schmeißt sich
würdelos und unehrenhaft hinter seinen Politliebling in
Positur. Wenn die konservative politische Klasse meint,
dass Regeln, Normen und Gesetze für sie keine Geltung
haben, ist sie dafür verantwortlich, dass das Ansehen
von Politikern ins bodenlose verschwindet. Sie schadet
damit der politischen und letztlich der demokratischen
Kultur in diesem Land. Guttenberg ist eine Art deutscher Berlusconi, der ebenfalls meint, alles ohne Konsequenzen tun und lassen zu können, obwohl der Freiherr sein Ehrenwort für seine Doktorarbeit abgab. Eines
muss klar sein: Guttenberg ist Täter und nicht Opfer,
auch wenn er das ständig verwechselt.

FDP - Fort-Damit-Partei

Wer befreit uns endlich von der unfähigen FDP-Minister-Blase in der Bundesregierung, von diesem geschwätzigen Politvakuum, bevor es 2013 der Wähler tut? Rösler, Westerwelle, Brüderle oder Niebel liefern („Wir müssen liefern!") Inkompetenz gepaart mit verantwortungslosem Geschwafel und Handeln. Diese politischen Fliegengewichte ersetzen Sachverstand durch eloquenten Auswurf. Sie haben geschworen, Schaden vom Volk zu nehmen. Vom Nutzen mehren wollen wir gar nicht reden. Ein Gnadenakt fürs deutsche Volk wäre die Rücktrittsvariante verbunden mit der Selbstauflösung der FDP, damit käme sie wenigstens den Ansprüchen der ministeriellen Vereidigungsformel nahe.

Ja, die FDP, ja die FDP, die tut so richtig weh.

Sah ein Knab (Lindner?) den Rösler stehen!
Rösler auf der Heide.
Sprach der Knab, ich breche Dich.
Rösler sprach, dann stech ich Dich, dass Du ewig denkst an mich.
Wilder Knab brach Rösler auf der Heiden.
Nun musste Rösler leiden.

Nachtrag: Die FDP ist tot,
sie starb im frühen Morgenrot.

Der Wulff ist da!

Die Kritik an unserem Bundespräsidenten ist völlig verfehlt. Endlich haben wir ein Staatsoberhaupt aus der Mitte des Volkes. Denn er ist einer von uns, orientiert sich, wie wir alle, an den neuen zehn Geboten:

1. Ich bin doch nicht blöd!
2. Geiz ist geil!
3. Wir können nur billig!
4. Da ist mehr für sie drin!
5. Hier kommt der Genuss!
6. Nichts ist unmöglich.
7. The spirit of commerce.
8. Bezahlen Sie einfach mit Ihrem guten Namen.
9. Halber Preis fürs ganze Volk.
10. Wir sind die Guten.

Keinem Bundespräsidenten ist es vorher gelungen, mit seinem Handeln und Auftreten Staat und Gesellschaft so gut sichtbar zu machen. Diesen Anspruch löst der Niedersachse optimal. Deshalb: Christian halte durch! Die Moralisten sind in der Minderheit. Wir stehen alle hinter Dir. Die Geizigen, die Guten, die Genusssüchtigen, einfach das ganze Volk zum halben Preis.

Wir skandieren mit dem Deutschlandfähnchen in der Hand: Wulff! Wulff! Wulff! Wulff! Wulff!

Der Bär steppt - Deutschland in Hochstimmung

Knut ist schon länger tot. Gottschalk verlässt „Wetten, dass…?". Angela Merkel ist plötzlich gegen Atomkraftwerke. Ein Herr Grube will Stuttgart unter die Erde bringen. Biathletin Neuner möchte ihre grandiose Karriere beenden. Ein gewisser Brendzko findet seine Worte nicht (Kann ich helfen?). Die Biermösl Blosn treten nicht mehr auf und Ex-Kanzler Helmut Schmidt, „die rauchende Eminenz der Republik" (Spiegel Online), raucht weiter. Der Verfassungsschutz beobachtet am liebsten linke Bundestagsabgeordnete, während rechte Dummdödel die „Döner-Morde" (Unwort des Jahres) im Internet feiern können. Dafür treiben fundamentalistische Salafisten in Köln und Berlin in aller Öffentlichkeit ihre Blödheiten. Der deutsche Handball liegt in Serbien bei der EM am Boden, obwohl immer London (kommende Olympiastadt) beschworen wurde. Wulff hilf!

Trotz solch trauriger Ereignisse befindet sich Deutschland in Hochstimmung. Überall ist Feierlaune. Friederich der Zweite wurde schon 226 Jahre lang nicht mehr gesehen. Plötzlich feiert man seinen 300. Geburtstag. Auch Thomas Gottschalk is back im Ersten Deutschen Fernsehen. Das traditionsreiche Filmstudio Babelsberg, in dem Marlene Dietrich mit „Der blaue Engel" berühmt wurde, begeht im Jahr 2012 seinen 100. Geburtstag. Aber der Bär steppt nicht nur in Berlin. Der Fischladen „Nordsee" freut sich, er wird 115 alt und hat damit sogar Jopi Heesters überlebt. Weitere Stimmungs-

aufheller: die Freigabe von Drogen fordern die „Pira-
ten" und die „Linke"; Jogi Löw sieht rosige Zukunft für
deutschen Fußball; Franzosen sehen Deutschland positiv und Deutschland stellt einen neuen Rekord auf: 2,2
Millionen Studenten. So viel war noch nie.

Vor lauter Freude spielt ein italienischer Kapitän an
der italienischen Küste Schiffe versenken.

Zeitfracht Medien GmbH
Ferdinand-Jühlke-Straße 7
99095 Erfurt, Deutschland
produktsicherheit@kolibri360.de